韓国語話者の日本語音声考

―韓日両国後の比較から―

酒井真弓

제이앤씨
Publishing Corporation

はじめに

　日本語教師として教壇に立つようになってから、早いもので20年が過ぎた。初めて日本語を教えたのは、財閥系企業グループの中央研修院という所であった。高度成長期にあった韓国経済の主役とも言える財閥系企業グループでは、ホテル級の宿泊施設を備えた研修院を建て、集中合宿教育と銘打って、企業戦士を三ヶ月間で日本語の達人に仕立て上げるというプロジェクトを推進していた。傘下の企業から選ばれて来たエリート社員が、そこで寝泊りしながら、それこそギネスブックにのせてもいいのではないかと思われるスピードで日本語を習得して行った。当時、新米教師であった私は、彼らから毎日浴びせられる質問に答えるために、猛勉強しなければならなかった。

　そこでの経験から学んだことは、日本語を効率的に教えるためには、教師が学習者の誤用の傾向を把握していなければならないということであった。そして、そのためには学習者の母国語と日本語との違いを熟知する必要があった。学習者が日本に滞在し、日本語の洪水の中で学習している場合とは異なり、海外での日本語学習は、学習者が日本語話者の音声を聞く機会は極めて制限されている。さらに、周囲の学習者が皆同じ母語話者であるため、母語の干渉による誤用に接する機会も多く、それが化石化してしまうのも早い。したがって、それを防ぐためには、学習者が犯しやすい誤用をあらかじめ予想し、それが誤用であることを強調する必要があるのである。

　最近の言語習得研究の傾向を見ると、第二言語習得過程を第一言語習得過程と基本的には同じ再創造の過程だととらえる考え方が一般

化しつつある。すなわち外国語を習得する過程も、日本人幼児が母語を自然習得する場合と同じ過程をたどるとする考え方である。それに伴い、母語と目標言語の対照研究によって、学習者の誤用の予測や説明が可能であるとする『対照分析仮説』は、軽視される傾向にあるようだ。このような傾向は英語教育研究に始まり、日本語教育研究においても広まっている。しかし、自然習得が望めず、中間言語が化石化しやすい海外での学習においては、母国語との対照研究をふまえた教授法の開発が必要なのではないかと思われる。

　幼い頃から長い期間をかけて成長とともに習得した母語は、学習者の中に深く定着し、全く自動的に駆使し得る言語体系であるため、外国語習得に際しても、学習者は母語の体系という枠組みを通じて外国語を把握しようとする。特に音声に関しては、母語の干渉が最も強く現われることが検証されており、対照研究の成果を充分に取り入れた教授法の開発が必要とされる。学習者は外国語の音声を聞き取る際にも、母語の音韻体系に最も近似した音を選んで代用させてしまうことが多い。実際に教室で教師が何度繰り返し発音して聞かせても、また学習者の発音の誤りを何度指摘しても、矯正できないことがよくあるが、その理由はここにある。したがって、音声教育においては、教師が学習者の母語の音韻体系と、教えようとする外国語の音韻体系の相違をよく理解し、誤用の原因を理論的かつ具体的に説明する必要があると思われる。

　本書は、韓国語母語話者に対する音声教育の基礎資料とすることを目的としている。本書が日本語音声教育の教材作り、教授法の開発に少しでも役に立てればと願っている。

2007.11　酒井真弓

目 次

第一章・017
序 章

1. 研究の目的 ……………………………………………………… 17
2. 研究の対象 ……………………………………………………… 19
3. 研究の方法と範囲 ……………………………………………… 21
4. 先行研究 ………………………………………………………… 22

第二章・027
韓国語と日本語の調音音声学的対照比較と
誤用の予測

1. 母音 ……………………………………………………………… 27
   (1)韓国語の母音 …………………………………………… 28
   (2)日本語の母音 …………………………………………… 29
   (3)長母音 …………………………………………………… 31
2. 半母音 …………………………………………………………… 31
3. 子音 ……………………………………………………………… 32
   (1)韓国語と日本語の子音 ………………………………… 33
   (2)子音音素と異音の現れ方 ……………………………… 35
4. 誤用の予測 ……………………………………………………… 36

第三章・45
誤用調査

1. 誤用調査Ⅰ ……………………………………………………… 46
  (1)調査の対象と方法 …………………………………………… 46
  (2)誤用調査Ⅰの結果 …………………………………………… 47
2. 誤用調査Ⅱ ……………………………………………………… 50
  (1)調査の目的および対象と方法 ……………………………… 50
  (2)誤用調査Ⅱの結果 …………………………………………… 51
3. 誤用調査Ⅲ ……………………………………………………… 56
  (1)調査の目的および対象と方法 ……………………………… 56
  (2)誤用調査Ⅲの結果 …………………………………………… 57

第四章・65
日本語と韓国語の音響音声学的対照

1. 母音 ……………………………………………………………… 65
  (1)研究の対象と方法 …………………………………………… 65
  (2)韓国人日本語学習者の誤用の傾向 ………………………… 69
  (3)フォルマント周波数の測定とその分析 …………………… 70
  (4)母音の持続時間 ……………………………………………… 80
  (5)円唇性 ………………………………………………………… 83
2. 長音 ……………………………………………………………… 84
  (1)研究の対象と方法 …………………………………………… 84
  (2)韓国人日本語学習者の誤用の傾向 ………………………… 89
  (3)日本語と韓国語の短母音の持続時間 ……………………… 91
  (4)日本語と韓国語の短・長母音の持続時間の比較 ……… 97
3. 半母音 …………………………………………………………… 106
  (1)研究の対象と方法 …………………………………………… 106
  (2)韓国人日本語学習者の誤用の傾向 ………………………… 108

　　　(3)[j]の持続時間 ……………………………………… 108
　　　(4)/-j/と/Vj/の持続時間 …………………………… 110
　4. 破裂音 ……………………………………………………… 112
　　　(1)研究の対象と方法 ………………………………… 112
　　　(2)韓国人学習者の誤用の傾向 …………………… 114
　　　(3)軟口蓋破裂音の音響分析実験の結果 ………… 116
　　　　　①測定の結果 ……………………………………… 116
　　　　　②語頭の無声音 …………………………………… 120
　　　　　③語頭の有声音 …………………………………… 121
　　　　　④語中の無声音 …………………………………… 123
　　　　　⑤語中の有声音 …………………………………… 125
　5. 摩擦音 ……………………………………………………… 128
　　　(1)研究の方法と対象 ………………………………… 128
　　　(2)韓国人日本語学習者の誤用の傾向 ………… 129
　　　(3)摩擦音の持続時間 ………………………………… 130
　6. 破擦音 ……………………………………………………… 132
　　　(1)研究の方法と対象 ………………………………… 132
　　　(2)韓国人日本語学習者の誤用の傾向 ………… 134
　　　(3)破擦音の持続時間と母音のフォルマント …… 135
　7. 撥音 ………………………………………………………… 138
　　　(1)研究の方法と対象 ………………………………… 138
　　　(2)韓国人学習者の誤用の傾向 …………………… 141
　　　(3)日本語の撥音と韓国語の終声「ㄴ,ㅁ,ㅇ」の持続時間 … 145
　　　　　①測定の結果—単語 …………………………… 145
　　　　　②測定の結果—文章 …………………………… 148
　8. 促音 ………………………………………………………… 152
　　　(1)研究の方法と対象 ………………………………… 152
　　　(2)韓国人日本語学習者の誤用の傾向 ………… 153
　　　(3)閉鎖持続時間の測定 ……………………………… 155
　　　　　①閉鎖持続時間の測定の方法 ……………… 155
　　　　　②単語レベルの測定結果 ……………………… 158

③文章レベルの測定結果 ·· 161
(4)韓国人学習者の発音の分析 ·· 165

第五章・169
結　論

◼ 参考文献 / 181
◼ 資料 1 / 187
◼ 資料 2 / 193

表目次

表1 韓国語の母音体系 29

表2 日本語の母音体系 30

表3 調音点と調音法による分類 33

表4 韓国語の子音音素と異音 35

表5 日本語の子音音素と異音 36

表6 音素と異音の現れ方 37

表7 予測される発音の問題点 38

表8 誤用調査Ⅰにおける発音の誤答率(%) 47

表9 有声音と無声音の発音の誤答率(誤用調査Ⅱ) 51

表10 文章レベルの無声音の誤用の傾向 52

表11 単語レベルの無声音の誤用の傾向 52

表12 文章レベルの音素別に見た
　　　有声音・無声音の誤用数と誤用率 54

表13 単語レベルの音素別に見た
　　　有声音・無声音の誤用数と誤用率 55

表14 誤用の数と出現率 58

表15 無声音と有声音の誤用の傾向(誤用調査Ⅲ) 59

表16 日本語/V/のフォルマント周波数 71

表17 韓国語/V/のフォルマント周波数 71

表18 日本語/CV/のフォルマント周波数 76

表19 韓国語 /CV/のフォルマント周波数 77

表20 日本語の母音の持続時間 81

表21 韓国語の母音の持続時間 81

表22 長母音の誤用の発生場所 89
表23 母音別に見た誤用の数 90
表24 環境別に見た誤用の数 91
表25 日本語の短母音の持続時間 92
表26 韓国語の短母音の持続時間 93
表27 日本語の短音・長音の持続時間 98
表28 韓国語の短・長母音の持続時間 99
表29 半母音の持続時間 109
表30 /-j/と/Vj/の持続時間 110
表31 破裂音の誤用率(誤用調査Ⅰ) 114
表32 軟口蓋破裂音の閉鎖・ＶＯＴ・母音の持続時間 117
表33 /h/の誤用の数(誤用調査Ⅲ) 129
表34 /s/の持続時間 130
表35 /h/の持続時間 131
表36 破擦音の持続時間 135
表37 破擦音のフォルマント周波数 136
表38 撥音の誤答率 142
表39 異音別撥音の誤用の数 144
表40 日本語の撥音の持続時間(単語) 145
表41 アクセント別の撥音の持続時間 147
表42 韓国語の終声「ㄴ,ㅁ,ㅇ」の持続時間 147
表43 日本語の撥音の持続時間(文章) 148
表44 韓国語の終声「ㄴ,ㅁ,ㅇ」の持続時間(文章) 149
表45 促音の誤用率 153
表46 促音の誤用数 154
表47 日本語の促音および非促音の閉鎖持続時間(単語レベル) 158
表48 韓国語の硬音および終声の持続時間(単語レベル) 159
表49 日本語の非促音と促音の持続時間(文章レベル) 162

表50 韓国語の硬音の持続時間(文章レベル) ································· 162

表51 「今朝、一階の喫茶店に行って来た」の
　　　促音・非促音の閉鎖持続時間 ································· 165

表52 「デパートでイカと柿を6個買った」の
　　　促音・非促音の持続時間 ································· ················· 165

表53 「お茶を一杯飲んでお菓子を食べた」の
　　　促音・非促音の持続時間 ································· 165

表54 「アパートの人の意見が一軒残らず一致した」の
　　　促音・非促音の持続時間 ································· 166

グラフ目次

グラフ1　文章レベルの語中の無声音の誤用の傾向(誤用調査Ⅱ) ……53
グラフ2　単語レベルの語中の無声音の誤用の傾向(誤用調査Ⅱ) ……53
グラフ3　語中の無声音の誤用の傾向(誤用調査Ⅲ) ………………… 60
グラフ4　日本語の/v/のフォルマント周波数 …………………………… 72
グラフ5　韓国語の/v/のフォルマント周波数 …………………………… 72
グラフ6　子音別に見た日本語の/v/のフォルマント周波数 ………… 78
グラフ7　子音別に見た韓国語の/v/のフォルマント周波数 ………… 78
グラフ8　日本語の母音の持続時間 ……………………………………… 82
グラフ9　韓国語の母音の持続時間 ……………………………………… 82
グラフ10　日本語の短母音の持続時間 ………………………………… 94
グラフ11　韓国語の短母音の持続時間 ………………………………… 94
グラフ12　日本語の無・有声音と韓国語の平・激・硬音の
　　　　　母音の持続時間 ……………………………………………… 95
グラフ13　日本語と韓国語の短音の持続時間 ………………………… 101
グラフ14　日本語と韓国語の長音の持続時間 ………………………… 102
グラフ15　日本語と韓国語の短音・長音の持続時間と標準偏差 …… 103
グラフ16　母音別に見た日本語の短・長母音の持続時間 ………… 104
グラフ17　母音別に見た韓国語の短・長母音の持続時間 ………… 104
グラフ18　半母音の持続時間 …………………………………………… 109
グラフ19　/-j/と/Vj/の持続時間 ……………………………………… 111
グラフ20　日本語の軟口蓋破裂音の
　　　　　閉鎖・VOT・母音の持続時間 …………………………… 118
グラフ21　韓国語の軟口蓋破裂音の

　　　　閉鎖・VOT・母音の持続時間 ………………………………… 118
グラフ22 語頭の無声音のVOT持続時間 ……………………………… 120
グラフ23 語中の無声音の閉鎖・VOT・母音の持続時間 ………… 124
グラフ24 /s/の持続時間 …………………………………………………… 130
グラフ25 日本語の撥音の持続時間 ……………………………………… 146
グラフ26 韓国語の終声「ㄴ,ㅁ,ㅇ」の持続時間 ……………………… 147
グラフ27 単語レベルの閉鎖持続時間 ………………………………… 161
グラフ28 文章レベルの閉鎖持続時間 ………………………………… 164
グラフ29 日本人と韓国人学習者の非促音と促音の持続時間Ⅰ …… 166
グラフ30 日本人と韓国人学習者の非促音と促音の持続時間Ⅱ …… 167

図目次

図1 破裂音・歯擦音の対立 ……………………………… ………………………34

図2 母音のフォルマント測定画面(가) ……………………………… 69

図3 日本語と韓国語の母音のF1-F2平面図 ………………74

図4 日本語と韓国語の母音のF1-F2平面図(/CV/) ……………………80

図5 日本語の「かい」と「がい」の音声波形 …………………………… 122

図6 韓国語の「가치」の音声波形 …………………………… 123

図7 日本語の「いが」と韓国語の「아가」の音声波形 ……………………126

図8 日本語の「ざ」と「じゃ」の音声波形 …………………………… 137

図9 韓国語の「자」と「쟈」の音声波形 …………………………… 137

図10 日本語の撥音の持続時間(文章) …………………………… 150

図11 韓国語の終声「ㄴ,ㅁ,ㅇ」の持続時間(文章) ……………………150

韓国語話者の日本語音声考

―韓日両国後の比較から―

第一章

序　章

1. 研究の目的

　第二言語、すなわち母語ではない外国語を習得する過程におい
て、学習者は目標言語に母語の方法を転移する。しかし、学習者の
母語と習得しようとする第二言語は、それぞれ異なる言語体系を
持っているため、それが誤用となって現れるのである。したがって、
学習者の母語と習得しようとする外国語の相違点が多いほど、習得
が困難であり、誤用が多く現れるということになる。このように、外
国語学習は、学習者が意識しているといないとにかかわらず、常に
母語の干渉という抵抗を受けながら行なわれると言えるのである[1]。

　外国語教育の中でも、特に音声教育において母語の干渉が強く働
くと言われており[2]、事実、母語を同じくする学習者の発音や聴解

---

1) 北条淳子(1970)「日本語教育における問題点ー発音矯正」講座日本語教
　育6　p.1〜7
　松野和彦(1987)「英語と日本語の音声・音韻の対象研究」日本語学　明治
　書院

における誤用の傾向は、極めて似ていることが指摘されている3)。これは学習者が外国語を発音したり聞き取ったりする際に、母語にある音声の中から最も近似した音を選んで代用させてしまう傾向があるためである。そのため、音声教育は母語別に行なうほうが効果的であり、学習の初期段階で、学習者の母語と外国語との相違を理論的に解説した上で、適切な指導を行なうことが望ましい。

　日本語と韓国語について言えば、両国語はともに膠着語であり、語順もほぼ一致している。さらに、漢字からなる語彙が多い、性・数の区別がない、冠詞がない、助詞・助動詞や、敬語など位相語、擬音語・擬態語が発達している、など多くの類似点がある。しかし、音声学的には、両国語は全く異なった音韻体系を持っており4)、両国語の音声学的対照研究をふまえた教材、および教授法を開発する必要性は極めて高いと思われる。

　本稿では、はじめに韓国語と日本語を調音音声学的に比較対照し、その相違点を明らかにして、韓国人学習者の発音上の問題点を予測したうえで、韓国人学習者の誤用調査を、学習の初期とさらに学習が進んだ段階の二回にわたって行なった。さらに、誤用の原因がどのような母語の干渉から生じているかを調べるために、韓国語と日本語の音声を分析し、対照比較した。

　したがって本稿は、韓国語と日本語の音声を対照比較することに

---

2) 木村宗男(1988)『教授法入門』教師用日本語教育ハンドブック7 国際交流基金 p.26〜32
3) 鈴木忍(1963)「発音の指導と問題点ータイ語国民を中心に」日本語教育学 p.7〜8
4) 梅田博之(1983)『韓国語の音声学的研究』蛍雪社 p.174〜179

よって、韓国語を母語とする日本語学習者の発音に見られる母語の干渉を明らかにし、その成果を今後の音声教育に役立てようとするものである。

2. 研究の対象

研究の対象は、日本語の母音/a,i,u,e,o/および半母音/j,w/、子音/k,g,,s,z,t,d,c,n,h,p,m,r/、それにモーラ音と呼ばれる特殊音素/N,Q,R/と、韓国語の母音/a,ɔ,o,u,ɯ,i,e,ɛ/および半母音/j,w/、それに子音/k,n,t,r,m,p,s,ŋ,c,ch,kh,ph,h,k',t',p',s',c'/で、音節数は下記の通り、日本語103、韓国語197とした。

日本語

あ	い	う	え	お	や	ゆ	よ
か	き	く	け	こ	きゃ	きゅ	きょ
が	ぎ	ぐ	げ	ご	ぎゃ	ぎゅ	ぎょ
さ	し	す	せ	そ	しゃ	しゅ	しょ
ざ	じ	ず	ぜ	ぞ	じゃ	じゅ	じょ
た	ち	つ	て	と	ちゃ	ちゅ	ちょ
だ			で	ど			
な	に	ぬ	ね	の	にゃ	にゅ	にょ

は　ひ　ふ　へ　ほ　ひゃ　ひゅ　ひょ

ば　び　ぶ　べ　ぼ　びゃ　ぴゅ　びょ

ぱ　ぴ　ぷ　ぺ　ぽ　ぴゃ　ぴゅ　ぴょ

ま　み　む　め　も　みゅ　みゅ　みょ

ら　り　る　れ　ろ　りゃ　りゅ　りょ

わ　ん(N)　っ(Q)　長音(R)

韓国語

아　어　오　우　으　이　에　애　야　여　요　유　와

가　거　고　구　그　기　게　개　갸　겨　교　규

까　꺼　꼬　꾸　끄　끼　께　깨

나　너　노　누　느　니　네　내　냐　녀　뇨　뉴

다　더　도　두　드　디　데　대

따　떠　또　뚜　뜨　띠　떼　때

라　러　로　루　르　리　레　래　랴　려　료　류

마　머　모　무　므　미　메　매　먀　며　묘　뮤

바　버　보　부　브　비　베　배　뱌　벼　뵤　뷰

빠　뻐　뽀　뿌　쁘　삐　뻬　빼

사　서　소　수　스　시　세　새　샤　셔　쇼　슈

싸　써　쏘　쑤　쓰　씨　쎄　쌔

자　저　조　주　즈　지　제　재　쟈　져　죠　쥬

짜　쩌　쪼　쭈　쯔　찌　쩨　째

차　처　초　추　츠　치　체　채　챠　쳐　쵸　츄

카　커　코　쿠　크　키　케　캐

타 터 도 투 트 티 테 태

파 퍼 포 푸 프 피 페 패 퐈 풔 표 퓨

하 허 호 후 흐 히 헤 해 햐 혀 효 휴

3. 研究の方法と範囲

本稿では、まず、韓国語と日本語を調音音声学的に比較対照し、その相違点から韓国人学習者が日本語を発音する場合に犯しやすい誤用について予測した。次に誤用が予測される音節を含む単語のミニマル・ペアを作成し、発音の誤用を適当な期間をおいて、二回調査した(誤用調査Ⅰ)。さらに、この調査を補充する意味で、有声音と無声音に関する誤用調査(誤用調査Ⅱ)と自然な発話における誤用の現れ方を調べるために、スピーチにおける誤用の出現率に関する調査(誤用調査Ⅲ)を実施した。

次に、誤用の原因について明らかにするために、韓国語と日本語の音声を音声分析器を用いて分析し、これを比較してみた。

誤用調査は、テープに録音された音声を人の耳で聞き取るという方法をとったため、録音状態に一部不鮮明な部分もあったことや、不自然な発音であるという判断が主観的にならざるを得ず、調査結果に何らかの影響を及ぼした可能性は否めないが、細心の注意を払って行なった。また、本稿の目的は韓国人日本語学習者の発音上

の誤用を明らかにすることにあるため、音声分析器を用いた分析は、誤用の原因となっている部分(持続時間、あるいはフォルマントなど)についてのみ行なった。

4. 先行研究

梅田博之(1983)は、韓国語の音声の発音機構を明らかにし、日本語の音声の発音機構との共通点および差異点を明らかにするために、調音音声学的観察、サウンド・スペクトログラフ、動態口蓋図、声道模型、写真資料による声道の形の観察など、多様な方法とアプローチを駆使して、韓国語の音声を客観的に把握すると同時に、日本語の音声に関する同様の研究結果と対比することによって、両国語の発音のメカニズムを本質的に解明している。

朴熙泰(1986、1987、1993)は、韓日両国語の音韻体系、調音音声学的および音響音声学的に対照考察し、音声教育的立場から相違点を指摘している。特に、韓日両国語の母音のフォルマントと、日本語の無声音および韓国語の平音・激音・濃音(硬音)のVOT(気音の持続)を測定し、その数値を比較することによって、科学的にそれぞれの特徴を明らかにしているほか、動態口蓋図(パラトグラフィ)による韓日両国語の音声の比較など、さまざまな角度から韓国人日本語学習者に対する音声教育のおける問題点を指摘している。

　李炯宰(1997、1998)は、韓国人日本語学習者が発話した語頭の長母音を、学習期間の長さ別に音響音声学的に分析し、これを日本人話者の場合と比較することによって、学習者の長母音習得がどの程度進んでいるかを調べた。その結果、学習者の長母音の発音は、発話の環境、長母音の位置、後続子音の音声的特徴などによって、影響を受けるため、習得上の問題点は、日本語の学習期間が長くなるにつれて、自然に改善されるものではないこと指摘している。また、有声・無声破裂音についても、同様に学習期間と習得の過程を調べている。

　李在康(1998)は、韓国語と日本語の母音について、フォルマントを測定することによって、その様相を明らかにし、両国語の母音を比較した。また、韓国人が発音した日本語の母音と日本人が発音した韓国語の母音についても調べた。また、李(1999)は、日本人と韓国人学習者による日本語の非促音と促音の持続時間を測定し、日本人の場合は促音の長さが非促音の約2倍となっていたのに対して、韓国人学習者の場合は約1.5倍であったと報告している。このように、音韻体系の異なる言語を使用しているグループ(韓国人と日本人)による発音が母国語話者の発音とどのように違っているかについて明らかにすることによって、自身の母音体系の音響学的資質が、外国語習得の過程において現れる形態について、科学的に研究している。

　松崎寛(1999)は、韓国人学習者に対する日本語音声教育という観点から、先行研究を網羅し、これを整理することによって、その特徴と原因を明らかにしている。さらに、中間言語すなわち言語習得

の過程で生じる、目標言語とも母語とも異なる過渡的な言語体系および、発音評価、教室指導に関する研究についても紹介し、これらの基礎的研究によって得られたデータを教室で実践し、データを蓄積して音声教育を深め、更なる実践を通じて教室で検証を行なうことが重要であると提起している。

閔光準(2001a)は、韓国人学習者による作文における誤用の実態を分析している。その結果、誤用の65.85％は清濁の区別に関するもので、促音と長音の誤用がそれぞれ16.94％と8.33％となっており、これら3つの項目に関する誤用が全体の誤用の91.12％を占めていたと報告している。また、日本語における外来語と韓国語の固有名詞のカタカナ表記の誤用が数多く観察されたとしており、これらの誤用は韓国人学習者の母語音声の干渉によるものであると指摘している。さらに、閔は(2000)(2001b)で、韓国人学習者の日本語の作文と朗読に現れた促音の挿入現象について調査し、作文・発話に現れた促音挿入現象は一致しており、促音の挿入現象はCVCVで、前のCVのCが無声子音、Vが開口度の狭い母音の時に最も多く現れ、この場合、前の母音の持続時間が短くなっていると指摘している。

김선희(2002)は、軟口蓋破裂音と硬口蓋破裂音の有声音と無声音のミニマルペアを用いて、韓国人話者と日本人話者の発音を音響音声学的・生理的に分析することによって、日本語の語頭の有声音と無声音の特徴を明らかにするとともに、韓国人話者の発音と日本人話者の発音を比較して、韓国人話者の発音の傾向を分析している。

崔英淑(2003)は、東京方言話者の平板型の発話を対象として、声帯振動開始時間、破裂音に隣接する母音の持続時間・ピッチ・強

さ・破裂音の閉鎖持続時間を観察し、音響音声学的に破裂音の音
声学的特徴を明らかにした。

第二章
韓国語と日本語の調音音声学的対照比較と
誤用の予測

1. 母音

　韓国語の母音は8つである[1]。これに対して、日本語の母音は5つである。

　日韓両国語の母音について、国際音声学協会(IPA)の基本母音との比較から記述してみることにする[2]。

---

1) 韓国語の母音の数については、研究者によって、8から10と意見が分かれる。例えば、8つの説を主張しているのは金薄一(1975)、남광우(1975)、이현복(1980)、한문희(1979)、이재강(1998)、9つの説は，김민수(1958)、박과회(1958)、정인섭(1973)、최현배(1977)、10という説をとっているのは、김영송(1975)、이변근(1979)、허웅(1976)などである。このような意見の相違は、「외、위」を母音と見るか半母音と見るかによるものである。本稿ではこれを半母音と見なして、母音の数を8つとした。

2) 「音声」とは「人間がコミュニケーションのために、音戸器官を使って発する音」であり、「音素」とは「意味の区別に関係する音(音韻)の最少単位」であると定義される。
　国際交流基金日本語国際センター(1990)『教師用日本語教育ハンドブック⑥発音』凡人社 p.4,p20したがって本稿では、音素を／／、音声学的最少

（1）韓国語の母音

韓国語の母音には「ㅏ, ㅓ, ㅗ, ㅜ, ㅡ, ㅣ, ㅔ, ㅐ」の8つがある。それぞれの母音をIPA国際音声学字母音を用いて音声学的に記述すると次のようになる3)。

> 「ㅏ」基本母音[a]と[ɑ]の中間音で[a̠]4)と表記される。非円唇中舌開母音。
>
> 「ㅓ」基本母音[ə]である。中舌半開母音である5)。
>
> 「ㅗ」基本母音[o]である。円唇奥舌半開母音である。
>
> 「ㅜ」基本母音[u]である。円唇奥舌閉母音である。
>
> 「ㅡ」基本母音[ɯ]である。[ɯ]より舌がやや下がり気味で、前寄りである。非円唇中舌閉母音。
>
> 「ㅣ」基本母音[i]である。非円唇前舌閉母音である。
>
> 「ㅔ」基本母音[e]と表記される。非円唇前舌半閉母音である。
>
> 「ㅐ」基本母音[ɛ]に近く、やや広く舌が後ろに下がっている。

単位である単音を[]で表わし、韓日語で表記する場合には、便宜上「　」を使うことにする。
3) 梅田博之(1983)『韓国語の音声学的研究』蛍雪社　p.38～41
4) IPA国際音声記号には、[˔][˕][˖][˗]という補助記号があり、それぞれ「舌が上がっている」「舌が下がっている」「舌が後ろに寄っている」「舌が前に寄っている」という意味を表す。
　天沼寧、水谷修、大坪一夫(1978)『日本語音声学』くろしお出版
5) 「ㅏ, ㅓ」は一般的に後舌母音であると言われているが、実際の発音を調べて見ると非円唇中舌母音として発音されていることが報告されている。
　이재강(1998)"한국어와 일본어의 모음에 관한 실험음성학적 대조 분석"서울대학교대학원 언어학과 문학박사학위논문 p.96~97

[ɛ˕]と表記される。非円唇前舌半開母音。

　ただし、「ㅐ」と「ㅔ」は、語頭音節以外の位置に来た場合には、揺れが見られる。これを表にすると次の表1のようになる。

表1　韓国語の母音体系

	前舌	中舌	奥舌
	非円唇		円唇
閉	ㅣ	ㅡ	
半閉	ㅔ		ㅜ
半開	ㅐ	ㅓ	ㅗ
開		ㅏ	

(2) 日本語の母音

　日本語の母音には「あ、い、う、え、お」の五つがある。それぞれの母音をIPA国際音声学字母を用いて記述すると次のようになる。

　　「あ」基本母音[a]と[ɑ]の中間音で、[ɑ˖]と表記される。環境に応じて前寄りになったり、後ろ寄りになったりする。例えば[sake]「鮭・さけ」と発音した場合には、非円唇前舌開母音[a]寄りになるが、[kao]「蚊を」と発音した場合には、非円唇後舌開母音の[ɑ]寄りになる。

「い」基本母音[i]に近い非円唇前舌閉母音である。[i]よりや
や広く、舌の位置が低い。また唇の左右への引きも足り
ない。

「う」基本母音[ɯ]と[u]の中間音。[ɯ]よりやや中舌で[ɯ]と表
記される。子音/s//k//t/の後では[ɯ]に近く、それ以外で
は[u]に近くなる。奥舌閉母音で、やや円唇が見られる。

「え」基本母音[e]と[ε]の中間音。[e]よりずっと広く、[e˕]と表
記される。非円唇前舌半開母音である。

「お」基本母音[o]と[ɔ]の中間音。[o]より広く、舌の位置もや
や前寄りで唇の丸めもゆるい。[o˕˖]と表記される。奥舌
半開母音である。

これを表にすると次のようになる。

表2 日本語の母音体系

	前舌	奥舌
閉	い　う	う
半開	え	お
開	あ	

また、日本語の/u/と/i/は、無声子音にはさまれた時、および無
声子音に続いて語尾に位置する時、無声化しやすい。

(3) 長母音

　日本語では同じ母音の連続および/ei//ou/は、長音として発音される。日本語の長音は表記の上にも現れ、弁別的であることから音素の一つと認められており、/R/のように表記される。

　これに対して、韓国語にも母音の長短によって意味の対立がある場合があるが、極めて少なく、20語ぐらいで、そのうちよく使われるのは7～8語しかない。また、母音の長短によって意味の対立があるのは第一音節に限られていて、第二音節以下では例がない[6]。

2. 半母音

　韓国語、日本語ともに過渡音である硬口蓋半母音/ j /と軟口蓋半母音/w/がある。

　韓国語の半母音/ j /は、/－a，ɔ，o，u ，ɛ ，e / について、「ㅑ、ㅕ、ㅛ、ㅠ、ㅒ、ㅖ」となり、/w/は/－a，ɔ，i，ɛ，

---

6) 例えば「밤」(栗)/p a ：m/と「밤」(晩)/p a m/や、「눈」(雪)/n u：n/と「눈」(目)/n u n/。ただし、これが「군밤」(焼栗)/k u：n p a m/「싸락눈」(霰)/s' a r a n u n/の場合のように、第二音節以下になると長音でなくなる。
　　朴熙泰(1998)「韓日両語の音韻および音声学的対照考察」外大論文集第26 p.172
　　許雄(1975)『国語音韻学』正音社 p.169～171
　　大村益夫(1969)「朝鮮語の発音と構造」『講座日本語教育5』p.119。

e / について、「ᅪ、ᅯ、ᅱ、ᅫ、ᅰ」となる。

これに対して、日本語の半母音/ j /は、/— a, u, o /の前に、また/ w /は、/ a /の前にしか現れない。従って、日本語の半母音は「ヤ、ユ、ヨ」と「ワ」だけである。

また韓国語、日本語とも子音に後続して/— j /となる。韓国語では/ w /も子音に後続する。

3. 子音

韓国語の子音は、「ᄀ、ᄂ、ᄃ、ᄅ、ᄆ、ᄇ、ᄉ、ᄋ、ᄌ、ᄎ、ᄏ、ᄐ、ᄑ、ᄒ、ᄁ、ᄄ、ᄈ、ᄊ、ᄍ」の19個である。これを音素記号で表わすと、/ g, n, d, r, m, b, s, ŋ, c, ch, kh, th, ph, h, k', t', p', s', c'/となる。

これに対して日本語の子音は、「カ行、ガ行、サ行、ザ行、タ・テ・ト、チ・ツ、ダ・デ・ド、ナ行、ハ行、バ行、パ行、マ行、ラ行」の13個で、これを音素記号で表わすと、/ k, g, s, z, t, c, d, n, h, b, p, m, r /となり、これに撥音／ N ／と促音／ Q ／のモーラ音素を合わせると15個である[7]。

---

7) / N /は撥音、/ Q /は促音。長音を表す/ R /を加える説、半母音/ j // w /を半子音として子音に含める説もある。また、日本語の子音のうち、ガ行鼻濁音[ŋ]を音素としてたてるか、/ g /の自由異音と見なすかは議論の分かれるところだが、本稿では異音として取り扱うことにする。

（1）韓国語と日本語の子音

　両国語の子音を　①調音点　②調音方法　によって分類したものを
表にすると次頁の表3のようになる。

表3 調音点と調音法による分類

調音法	言語	調　　音　　点				
		両唇音	歯茎音	硬口蓋音	軟ロ蓋音	声門音
破裂音	韓国	b, p', p h	d, t', t h		g, k', k h	
	日本	p , b	t , d		k , g	
摩擦音	韓国		s , s'			h
	日本		s			h
破擦音	韓国		c , c', c h			
	日本		c , z			
鼻　音	韓国	m	n		ŋ	
	日本	m	n			
流　音	韓国		r			
	日本		r			
モーラ音	日本	Q　，　N				

　両国語の子音音素表を比較してみると、調音点について言えば、
両唇音・歯茎音・硬口蓋音・軟口蓋音・声門音の5つがある点では
両国語同じである。また、調音方法についても、破裂音・摩擦音・
破擦音・鼻音・流音に大きく分けられる点では、大体同じであると
いえよう。
　両国語の子音体系において最も大きな相違点は、日本語の破裂
音・破擦音には、有声音と無声音の2つの対立があるのに対して、

韓国語の破裂音・破擦音には、無気音と有気音の対立があるという
点である。無気音には声門閉鎖を伴う喉頭化音の硬音と非喉頭化音
の平音があり、有気音の激音も非喉頭化音である。従って、韓国語
の破裂音・破擦音には、無気音である硬音と平音、有気音である激
音の３つの対立があるということになる。これを図に表わすと、次頁
の図1のようになる。

図1 破裂音・歯擦音の対立

韓国語

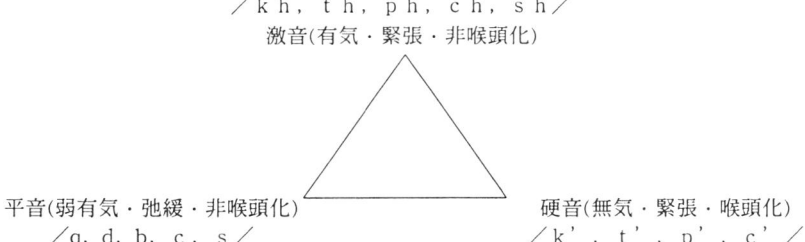

/ｋｈ，ｔｈ，ｐｈ，ｃｈ，ｓｈ／
激音(有気・緊張・非喉頭化)

平音(弱有気・弛緩・非喉頭化)　　　　　　　硬音(無気・緊張・喉頭化)
/ｑ，ｄ，ｂ，ｃ，ｓ／　　　　　　　　　/ｋ'，ｔ'，ｐ'，ｃ'／

日本語

有声 /ｇ，ｄ，ｂ，ｚ／ ──────────── 無声 /ｋ，ｔ，ｐ，ｃ，ｓ／

　硬口蓋音の/ｃ/については、日本語の場合/ｉ//ｊ/の前では[ʧ]
で、それ以外の位置では[ʦ]となるのに対して、韓国語は[ʧ]で、[ʦ]
の発音はない。また、日本語の撥音や促音のようなモーラ音素/Ｎ//
Ｑ/は韓国語にはない。

(2) 子音音素と異音の現れ方

音素は、その話し手に一つと意識されているが、実際には一つ以上の異音を持つものがある。これらの異音を含め、両国語の子音について調音点、調音法、有声音か無声音か、有気音か無気音かなどを調べて[8]、表にすると、次頁の表4のようになる。

表4 韓国語の子音音素と異音[9]

韓国語			両唇音	歯茎音	硬口蓋音	軟口蓋音	声門音
破裂音	無気	平	/b/[ɓ, b, p]	/d/[ɗ, d, t˺]		/g/[ĝ, g, k]	
		硬	/p'/[p']	/t'/[t']		/k'/[k']	
	有気	激	/pʰ/[pʰ]	/tʰ/[tʰ]		/kʰ/[kʰ]	
破擦音	無気	平			/c/[ʥ, ʤ]		
		硬			/c'/[ʧ]		
	有気	激			/cʰ/[cʰ]		
摩擦音	無気	平		/s/[s , ʃ]			
		硬		/s'/[s' , ʃ]			
	有気						/h/[h, ɦ]
鼻音			/m/[m]	/n/[n, ɲ]		/ŋ/[ŋ]	
流音				/r/[ɾ, l]			

---

8) 朴熙泰(1975)「日本語の子音体系とその音声教育について」碩士学位請求論文 韓国外国語大学大学 院日語科 p.51～55
李昌雨(1980)『韓日両国語の対照音声学』ハンマウム社 p.104～160
金勝漢(1982)「韓日両国語の音韻組織の違いと音声教育上の問題についての一考察」
碩士学位請求論文 韓国外国語大学大学院日語科 p.12～36

表5 日本語の子音音素と異音

日本語		両唇音	歯茎音	硬口蓋音	軟口蓋音	声門音
破裂音	無声	/p/[pʰ,p,p']	/t/[tʰ,t,t']		/k/[kʰ,k,k]	
	有声	/b/[b]	/d/[d]		/g/[g]	
歯擦音	無声		/c/[tsʰ,ts',ts , tʃ,ʃ,tʃ']			
	有声		/z/[dʑ , dʒ] [z , ʒ]			
摩擦音			/s/[s,s' , ʃ,ʃ]			
		/h/[ɸ , ç , h,ɦ]				
鼻音		/m/[m]	/n/[n , ɲ]		/g/[ŋ]	
流音			/r/[ɾ,l]			
モーラ音	鼻音	/N/[m . n , ɲ , ŋ,N,v]				
	閉鎖狭窄	/Q/[p ` , t `,s ` , ʃ ` , k `]				

4. 誤用の予測

　学習者の母国語と習得しようとする外国語の音素と異音の現れ方
が異なる場合、母国語の干渉が作用して、誤用となる可能性が高

---

　9) 記号は国際音声字母（ＩＰＡ）による表記を採用した。また、[̥]は無声
化、[̚]は不完全破裂音、
　　[']は喉頭化、[ʰ]は気音、[～]は鼻音化をそれぞれ示す。韓国語の語頭
の/g，d，b，c /は無声音だが、弛緩音のため、[g，d，b，d]に無声
音[̥]をつけて表記した。

い。韓日両国語の音素と異音の現れ方を比較して、誤用の現れ方について予測してみた。

　韓国語と日本語を、音素としてたてられる場合と、異音として現れる場合に分け、さらに異音として現れる場合には、その異音の現れ方を、語頭・語中・語末に分けて表にすると次のようになる。

表6　音素と異音の現れ方[10]

	日本語				韓国語			
	音素	語頭	語中	語末	音素	語頭	語中	語末
k,t,ʧ,p	◎	×	○	×	×	×	×	×
kʰ,tʰ,ʧʰ,pʰ	○	○	×	×	◎	○	○	×
ĝ,d̂,ʤ̂,b̂	×	×	×	×	◎	○	×	×
k',t',ʧ',p'	○	×	○	×	◎	○	○	×
g,d,ʤ,b	◎	○	○	×	○	×	○	×
ʦ	◎	×	○	×	×	×	×	×
ʦʰ	○	○	×	×	×	×	×	×
ʦ'	○	×	○	×	×	×	×	×
ʥ	◎	○	○	×	×	×	×	×
s	◎	○	○	×	◎	○	○	×
ʃ	○	○	○	×	○	○	○	×
s'	○	×	○	×	◎	○	○	×
ʃ'	○	×	○	×	○	○	○	×
h	◎	○	○	×	◎	×	○	×
ç,ɸ	○	○	○	×	△	○	○	×

---

10)　◎は音素としてたてられるもの、○は条件異音として現れるもの、△は自由異音として現れるもの、×は存在しないものをそれぞれ表わす。

ɦ	△	×	◯	×	◯	×	◯	×
m,n	◎	◯	◯	×	◎	◯	◯	◯
ɲ	◯	◯	◯	×	◯	◯	◯	×
ŋ	△	×	◯	◯	◎	×	×	◯
l	◎	◯	◯	×	◎	×	◯	◯
ɾ	◯	◯	◯	×	◯	×	◯	◯
k˺,t˺,p˺	◯	×	◯	◯	◯	×	◯	◯
s˺,ʃ˺	◯	×	◯	×	×	×	×	×
/N/m,n,ŋ	◯	×	◯	◯	×	×	×	×
/N/ṽ	◯	×	◯	×	×	×	×	×
/N/N	◯	×	×	◯	×	×	×	×

　両国語の音素と異音の現れ方は異なっており、両国語において同じ音素の異音として現れ、その現れ方も同じものは、/s/[s ， ʃ]だけである。また、/m/[m]、/n/[n]も同じであるが、韓国語では語末にも現れる点が異なる。

　音素と異音の現れ方が異なっている場合、母国語の干渉が生じて誤用となって現れることが予測される。予測される誤用を表にすると次のようになる。

表7　予測される発音の問題点

	正しい発音	予測される誤用
母音/a,i/	[ɑ,i]	特に問題がない
母音/u/	[ɯ]	[u]
母音/e/	[e⁻]	[e]
母音/o/	[o‥]	[o,ɔ]

母音の連続/ei,ou/	[ɑː,iː,ɯː,ɛˑˑ,oˑˑ]	[ɑɑ,ii,ɯɯ,ee,oo.ei,ou]
長音	[ɑː,iː,ɯː,ɛˑˑ,oˑˑ]	[ɑ,i,ɯ,e,o]
半母音	[j,w]	特に問題がない
語頭の/k,t,c.p/	[kʰ.tʰ.ʧʰ.pʰ]	[ĝ,d,ʤ,b] [k',t',ʧ',p']
語中の/k,t,c.p/	[k,t,ʧ,p]	[g,d,ʤ,b][kʰ.tʰ.ʧʰ.pʰ][k',t',ʧ',p']
促音の後の/k,t,c.p/	[k',t',ʧ',p']	[g^,d_,ʤ_,b_][k,t,ʧ,p][kʰ.tʰ.ʧʰ.pʰ]
語頭の/g,d,ʤ,b/	[g,d,ʤ,b]	[k,t,ʧ,p][kʰ.tʰ.ʧʰ.pʰ][k',t',ʧ',p']
語中の/g,d,ʤ,b/	[g,d,ʤ,b]	特に問題がない
/cu/	[ʦʰ,ʦ,ʦ']	[ʧʰ,ʧ,ʧ']
/za,zu,ze,zo/	[ʣ,z]	[ʤ,ʒ,s]
/Q-s/	[s',ʃ]	[s,ʃ]
上記以外の/s/	[s,ʃ]	特に問題がない
/ha,he,ho/	[h]	語中で[ɦ]
/hi,hu/	[ç,ɸ]	[h,ɦ]
/m/	[m]	特に問題がない
/n/	[n,ŋ]	特に問題がない
語頭の/r/	[ɾ]	脱落
語中の/r/	[ɾ,l]	特に問題がない
/Q-k,t,p/	[k ̚],[t ̚],[p ̚]	それぞれ異なる[k ̚,t ̚,p ̚]瞬間音
/Q-c,s/	[ʦ ̚,ʧ ̚,s ̚,ʃ ̚]	[k ̚,t ̚,p ̚],瞬間音
/N-両唇音/	[m]	[n,ŋ],瞬間音
/N-口蓋音/	[ŋ]	[n],瞬間音
/N-歯茎音,s,z,r/	[n]	[ŋ],瞬間音
/N-母音,j,w/	[ṽ]	[n,ŋ],瞬間音
語末の/N/	[ɴ]	[n,ŋ],瞬間音

　予測される発音の問題点について記述すると次のようになる。ま
た、誤用が単に発音が不自然になるというだけでなく、意味の弁別
に関係する場合は、その例をミニマル・ペアの形であげた。

　母音の場合、/a,i/は、ほぼ同じで問題がないと思われるが、/u/
[ɯ]を[u]、/e/[e˗]を[e]、/o/[o˖]を〔o,ɔ〕と発音してしまう場
合が考えられる。また同じ母音の連続および/ei，ou/は、それぞれ
[aː，iː，ɯː，eː，oː]、[eː，oː]のように長音として発音される
が、これを表記通り[ɑɑ，ii，ɯɯ，ee，oo]、あるいは[ei，ou]と発
音してしまう場合も考えられる。さらに長音は2拍分の長さを持つ
が、これを短く発音してしまう誤用が予測される。

<例>　おばあさん　　　→　おばさん
　　　にいさん　　　　→　にさん(二三)
　　　くうき(空気)　→　くき(茎)
　　　せいかい(正解)　→　せかい(世界)
　　　とうけい(統計)　→　とけい(時計)

　半母音の場合、日本語の半母音は/ja，ju，jo,wa/だけで、韓国語
に比べて、後に続く母音に制限が多いが、これは発音上の問題に
ならないと思われる。
　子音については、/k，t，cj，p/が語頭にきた場合、日本語で
は弱い有気の無声の緊張音[kʰ，tʰ，ʧʰ，pʰ]となるが、韓国語で
は極く弱い有気の無声の弛緩音[ĝ，ḑ，ʤ，b̂]となる。このため日
本人には、同じ弛緩音の有声音/g，d，ʤ，b/に聞こえてしまう場
合がある。

<例>　かす　　　　　　→　ガス

けんこう(健康) → げんこう(原稿)

てんき(天気) → でんき(電気)

　また、韓国語の[k'，t'，ʧ'，p']は語頭にも現れることから、語頭の無声音を硬音として発音してしまう誤用も考えられる。

　語中の場合、/k，t，c，p/が語中にくると、韓国語では[g，d，ʤ，b]と有声音となるため、語中の無声音を有声化する誤用が生じやすい。

　　<例>　かこ(過去)　　→　かご

　　　　　たいかく(体格)　→　たいがく(退学)

　　　　　じたい(事態)　　→　じだい(時代)

　　　　　せんぽう(先方)　→　せんぼう(羨望)

　さらに[k'，t'，ʧ'，p'][kʰ，tʰ，ʧʰ，pʰ]のように硬音化・激音化する誤用の可能性も考えられる。日本語では、語中に現れる/k，t，c，p/が促音の後にきた場合、喉頭化音の[k'，t'，ʧ'，p']となるが、これを非喉頭化音の[k，t，ʧ，p]と発音したり、他の語中の場合と同じように有声音化、有気音化してしまうことが考えられる。

　　<例>　きて(来て)　　→　きって(切って)

　　　　　いたい(痛い)　→　いったい

　　　　　おと(音)　　　→　おっと(夫)

　有声音の場合は、日本語の[g，d，ʤ，b]は語頭にも語中にも現れるのに対して、韓国語の[g，d，ʤ，b]は語中にのみ現れる異音であるため、語頭の有声音は無声化しやすい。

<例>　がいこく(外国)　→　かいこく(開国)
　　　　ぎん(銀)メダル　→　(きん)金メダル
　　　　どく(毒)　　　　→　とく(徳)
　　　　バス　　　　　　→　パス

　日本語の/cu，dz/は韓国語にはない音素である。このため、近似した音[ʧu，ʤu]と発音されやすい。また、同じ歯茎音の/s/を代用してしまうことも考えられる。

<例>　つうか(通貨)　　　→　ちゅうか(中華)
　　　　つうしん(通信)　　→　ちゅうしん(中心)
　　　　つうじてき(通時的)　→　すうじてき(数字的)
　　　　ずし(図示)　　　　→　じゅし(樹脂)
　　　　かず(数)　　　　　→　かじゅ(果樹)
　　　　ざま　　　　　　　→　じゃま(邪魔)
　　　　こうぞう(構造)　　→　こうじょう(工場)

　/s/は発音上の問題がないと考えられる。
　/h/は日本語では、/hi/では口蓋化して[ç]、/hu/は両唇音の[ɸ]、それ以外では[h]となる。これに対して、韓国語の/h/は語頭では[h]

と発音されるが、語中では有声音の[ɦ]となり、[ç，ɸ]は特に強く発音した場合にのみ現われる自由異音である。このため語中の[h]を、[ɦ]と発音したり、[ç，ɸ]を[h]と発音することが考えられる。この場合、[h]が脱落して母音のように聞こえる。

<例>　支配(しはい)　→　試合(しあい)
　　　公費(こうひ)　→　行為(こうい)
　　　大砲(たいほう)　→　対応(たいおう)

/m，n/は発音上問題がないと思われる。/r/は韓国語では語頭に現われないことから語頭の/r/は脱落しやすい。

<例>　りょこう(旅行)　→　よこう(予行)

日本語の/Q/促音と/N/撥音は、韓国語にはない一拍分の長さを有するモーラ音素であり、表記はそれぞれ「っ」と「ん」であるが、異音として[k˺，t˺，ts˺，tʃ˺，p˺，s˺]と[m，ŋ，n，ṽ，N]があり、後続する音に逆行同化する形で現われる。韓国語にも、[k˺，t˺，p˺][m，ŋ，n]が語末に現われる異音として存在するが、それぞれ異なった表記となり、一拍の長さを持たない瞬間音である。したがって、促音または撥音が脱落しているように聞こえる。
　また、日本語の促音や撥音のように後続音に逆行同化しないため、[k]が[t]や[p]となったり、[m]が[n]や[ŋ]となったりする誤用が生じやすく、また、瞬間音として発音された場合、脱落してい

るように聞こえることがある。

<例>　一致(いっち)　　→　位置(いち)

　　　悪化(あっか)　　→　赤(あか)

　　　一見(いっけん)　→　意見(いけん)

　　　さんま　　　　　→　さま

　　　館内(かんない)　→　家内(かない)

　　　管理(かんり)　　→　仮(かり)

　また[ts'，ｓ'][ｖ　，Ｎ]は韓国語にはない音であるため、これらの音は他の音によって代用されやすい。

<例>　いっつう(一通)　→　いちゅう(意中)

第三章
誤用調査

　韓国人日本語学習者の発音上の誤用について調査するために、ミニマル・ペアを用いた誤用調査(誤用調査Ⅰ)を実施し、誤答率を測定するとともに、さらに学習が進んだ場合の向上度についても調べてみた。またこれを補足する意味で、有声音と無声音に関する誤用調査(誤用調査Ⅱ)と、自然なスピーチにおける誤用の出現状況を調べた誤用調査(誤用調査Ⅲ)を行なった。

　誤用の調査は、調査対象者にテープに録音して提出させ、これをチェックした。発音のチェックは、テープを再生した音声を人の耳で聞き取るという方法をとったため、録音状態に問題がある部分もあったことや、不自然な発音であるという判断が主観的なものにならざるを得なかったことなどによって、調査結果に何らかの影響が与えられた可能性は否めないが、チェックにあたっては細心の注意を払った。

1. 誤用調査 I

(1) 調査の対象と方法

　初級の日本語合宿過程で、約400時間の授業を受け、初級過程を
ほぼ終えた26歳から38歳までの日本語学習者(男性)30名を対象とし
て、1991年5月6日～5月9日と7月25日～7月28日の二回にわたっ
て、誤用調査を行なった[1]。調査の方法は、各自に171通りの日本語
のミニマル・ペア[2]が印刷されたプリントを渡し、カセットテープに
録音したうえで、後日提出させた。被験者は1991年4月29日～8月2
日の14週間日本語合宿教育を受けた研修生であり、調査は向上度
を測るために、第1週目と第13週目に同じ形式で行なった。被験者
は初級レベルではあるが、発音教育を受けており、視聴覚教材を数
多く使用した授業をネイティブ・スピーカーの教師4名から受けてい
ることから、日本語の音声についての理解度は高いほうだと言え
る。またミニマル・ペアは誤用の予測に基づいて作成した。

---

　1) 本項の調査は、酒井真弓(1992)「聴解・発音における難易度および向上度
　　の測定とその分析」碩士学位論文、韓国外国語大学校教育大学院日本語
　　教育専攻の一部資料を基に、表・グラフ等を加筆し、整理し直したもの
　　である。
　2) 発音上問題となる音素を含むミニマル・ペアを作成したが、この中には
　　「no sense語」が6語、ミニマル・ペアと言えないペアが6つ含まれている。
　　資料1を参照。

(2) 誤用調査Ⅰの結果

誤用調査Ⅰの結果は次の通りである。

表8 誤用調査Ⅰにおける発音の誤答率(%)

正しい発音	誤用	誤答数(数)		回答数 (数)	誤答率(%)		誤答の 減少率 (%)[3]
		第一回	第二回		第一回	第二回	
母音	半母音	85	49	206	41	24	41
短母音	長母音	137	66	506	27	13	51
長母音	短母音	46	20	506	9	4	55
半母音	母音	25	14	206	12	7	42
/-j/	/-ij/	112	76	360	31	21	32
語頭の無声音	有声音	210	105	700	30	15	50
語頭の有声音	無声音	280	182	700	40	26	35
語中の無声音	有声音	175	133	700	25	19	24
語中の有声音	無声音	133	35	700	19	5	74
[ts]	[tʃ]	122	49	128	95	38	60
[tʃ]	[ts]	19	9	128	15	7	53
[ts]	[s]	30	7	178	17	4	76
[s]	[ts]	7	0	178	4	0	100
[dz]	[dʒ]	341	241	524	65	46	29
[dʒ]	[dz]	126	99	524	24	19	21
/h/	/h/の脱落	75	36	300	25	12	52
撥音＋/r/	撥音＋/n/	114	68	424	27	16	41
撥音	脱落	92	0	2306	4	0	100
撥音＋母音・半母音	[ɲ]	268	207	406	66	51	23
撥音＋母音・半母音	[ŋ]	106	82	200	53	41	23
促音	非促音	77	34	850	9	4	56
非促音	促音	323	136	850	38	16	58

---

3) 誤答の減少率は誤答率の減少値を誤答率で割った数値。

　第一回目の調査の結果を見ると、誤答率が最も高かったのは［ts］で、［tʃ］とのミニマル・ペア(例 無痛 → 夢中)は95％の誤答率となっており、ほとんどの被験者が正しく発音できなかった。しかし、同じ/ts/でも、/s/とのミニマル・ペアーの場合(例 通学 → 数学)は誤答率が17％と低くなっていた。また/ts/同様、韓国語にない/dz/と/dʒ/のミニマル・ペア(例 挫折 → 邪説)の誤答率も65％と高かった。

　/ts/の次に誤答率が高かったのは、撥音の後に母音・半母音が続く場合(例 婚約 → コンニャク)で、誤答率は66％であった。これは撥音を[ɲ]と発音し、後続の母音・半母音とリエゾンしてしまうという誤用である。これ以外にも、撥音の後に母音・半母音が続く場合、(例 簡易 → 鍵＝ミニマル・ペアとは言えない語)、[ŋ]と発音したために、ガ行鼻濁音となってしまう誤答率が53％、撥音の後に/r/が続く場合に/r/が/n/となってしまう誤答率(例 観覧 → 艱難)が37％で、ともに多かった。

　有声音と無声音の誤用では、語頭の有声音を無声音として発音している誤答(例 解答 → 該当)が40％で最も多く、次は語頭の無声音(例 健康 → 原稿)で30％であった。誤用が予測された語中の無声音(例 強盗 → 合同)は25％と予想外に低かったが、これに対して、特に問題がないと予測されていた語中の有声音(例 合同 → 強盗)の誤用も19％あった。

　母音の誤用では、半母音とのミニマル・ペアーで同じように発音している誤用(例 部屋 → 平野)が41％も見られた。また、「子音＋半母音」を2音節語に発音している誤用(例 客 → 規約)も31％あった。

　予測されていた長音・撥音・促音といったモーラ音が脱落するという誤答(例　おばあさん → おばさん、寛大 → 課題、発見 → 派遣)は、長音が9％、撥音が4％、促音が9％で、いずれも誤答率は非常に低かった。ただし、非促音の促音化の誤用(例　位置 → 一致)は38％と高くなっていた。

　このほか、語中の/h/の脱落(例　支配 → 試合)は25％だった。

　第二回目の調査結果では、「撥音＋母音・半母音」の誤答率が、[ɲ]の場合が51％と最も高く、[ŋ]の場合も41％と三番目に高い数値を示した。二番目に高かったのは[dz]を[dʒ]と発音していた誤用で46％であった。これらはいずれも誤答の減少率が23％、29％、23％と低く、習得が困難であることを示している。次に誤答が多かったのは[ts]を[tʃ]と発音している誤用で38％だったが、これは第一回目の調査で95％と非常に高い誤答率を示していたが、減少率が60％と高く、かなり矯正されていた。そのほか、語頭の有声音・語中の無声音の語頭率は、それぞれ26％、19％で、減少率が35％、24％とあまり高くなく、習得が困難であることを示していた。反対に、長音・撥音・促音のモーラ音の脱落の誤用は、第一回目の調査でも、それほど誤答率が高くなかったのに加え、減少率も高かったことから、習得しやすいものと思われた。

2. 誤用調査Ⅱ

(1) 調査の目的および対象と方法

　誤用調査Ⅰで、無声音の誤用のなかに有声音となる誤用以外に、硬音や激音として発音されている誤用も見られた。また、誤用率が低いと予測されていた語頭の無声音や語中の有声音にもかなり誤用が見られた。そこで、そうした点をさらに詳しく調べるために、有声音と無声音の発音に関する誤用調査を実施した[4]。

　調査の対象者は、徳成女子大学日語日文科の3年生で、簡単な聴解テストを行ない、有声音と無声音を正しく聞き分けられる学習者20名を対象者として選んだ。発音調査は1993年5月10日と30日の二回に分けて行ない、まず有声音と無声音を用いて作成したミニマル・ペアー127問[5]を短い文章にし、文章レベルでの調査を行なってから、ミニマル・ペアーをそのまま読む単語レベルの調査を行なった。文章レベルの調査を先に行なった理由は、問題点が学習者に明らかになると、その部分に注意を払って発音するようになり、自然な発話に近い状態での誤用の現れ方を調べるのに、支障があると考えたからである。

---

4) 誤用調査Ⅱは、酒井真弓(1993)「日本語の有声音と無声音に関する発音上の問題点と誤謬の傾向」晩光朴熙泰教授停年退任記念論叢 p.437-474を基に、一部訂正・整理したものである。
5) 資料2を参照。

（2）誤用調査Ⅱの結果

調査の結果は次の通りである。

表9 有声音と無声音の発音の誤答率(誤用調査Ⅱ)

	文章レベル			単語レベル		
	回答数	誤答数	誤答率(%)	回答数	誤答数	誤答率(%)
語頭の無声音	1400	199	14	1400	218	16
語中の無声音	1140	150	13	1140	153	13
語頭の有声音	1400	249	18	1400	273	18
語中の有声音	1140	90	8	1140	91	8

　誤答率が高かった順に並べると、語頭の有声音、語頭の無声音、語中の無声音、語中の有声音となり、この順序は文章レベルでも単語レベルでも変わらなかった。つまり、自然に発音した場合と注意して発音した場合の誤答率がほぼ同じであったということになる。また、予想に反して、誤答率は文章レベルと単語レベルで、ほぼ同じであり、語頭の無声音では単語レベルのほうがやや高くなっていた。語頭の無声音の場合、日本語では緊張した弱い有気音になるが、韓国語では弛緩した無気音であるため、日本人にに同じ弛緩音で無気音の有声音に聞こえてしまう場合がある。しかし、学習者がそうした点に気が付いておらず、特に注意を払わなかったからだと思われる。

　文章レベルと単語レベルの誤答率を見ると、文章レベルでは一つ一つ注意深く発音したはずだが、同じく14％であった。ただし、無

声音の誤用の現れ方には、違いがあった。無声音の誤用には、有声音化、硬音化、激音化の三つの場合が見られるので、文章レベル・単語レベルともに、これを表およびグラフにすると、次のようになる。

表10 文章レベルの無声音の誤用の傾向[6]

	有声音化	硬音化	激音化	合計
語頭の無声音	59(31)	88(46)	49(25)	193
語中の無声音	115(77)	21(14)	14(9)	150
合計	174(51)	109(32)	63(18)	341

表11 単語レベルの無声音の誤用の傾向

	有声音化	硬音化	激音化	合計
語頭の無声音	52(24)	97(44)	69(32)	218
語中の無声音	63(42)	48(32)	38(26)	149
合計	115(31)	145(40)	107(29)	367

　無声音の誤用の傾向を調べると、語頭の場合、文章レベル・単語レベルともに硬音化の誤用が最も多く、それぞれ全体の45・44％を占めた。次いで文章レベルでは有声音化が30％、激音化が25％と続いているのに対して、単語レベルでは激音化が32％、有声音化が24％であった。

　また語中の場合は、文章レベル・単語レベルともに有声音化が最も多く、それぞれ77・41％で、次いで硬音化がそれぞれ21と31％、

---

6) 表10、11の( )内の数字は％を表す。

激音化がそれぞれ14・25％となっていた。文章レベルでは有声音化の誤用が77％と目立って高くなっているのに対して、単語レベルでは有声音化の誤用が最も高かったものの、41％にとどまっており、硬音化・激音化の誤用の比率が文章レベルに比べて高くなっていた。次のグラフ1およびグラフ2は文章レベルと単語レベルの語中の無声音の誤用の傾向を表したものである。

グラフ1　文章レベルの語中の無声音の誤用の傾向（誤用調査Ⅱ）

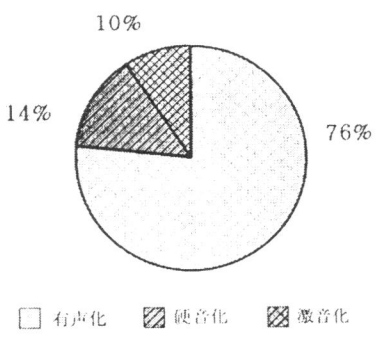

グラフ2　単語レベルの語中の無声音の誤用の傾向（誤用調査Ⅱ）

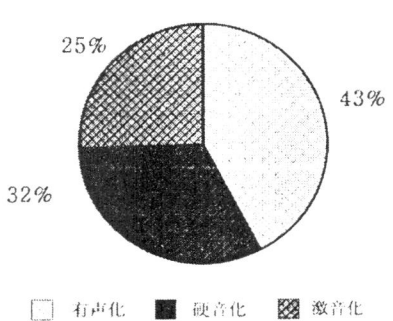

　これは語中の無声音が有声音化することを避けようとして、意図的に硬音または激音として発音したものと考えられよう。すなわち、学習者が語中の無声音を発音する場合、あまり意識せずに自然に発音した場合は有声音化し、これを矯正しようとすると、正しい発音とはならずに、硬音化・激音化という異なる誤用のパターンに移行する傾向があるということを示している。

　これを音声別に見てみると、次の表12のようになる。

表12　文章レベルでの有声音・無声音の誤答数と誤答率[7)]

無声音	有声音化	硬音化	激音化	合計	有声音	無声音化
[k]	80(8)	11(1)	20(2)	111(11)	[g]	149(15)
語頭の[k]	15(3)	0(0)	17(3)	32(6)	語頭の[g]	105(21)
語中の[k]	65(13)	11(2)	3(1)	79(16)	語中の[g]	44(9)
[t]	30(5)	6(1)	17(3)	53(9)	[d]	76(13)
語頭の[t]	6(2)	4(1)	11(4)	21(7)	語頭の[d]	51(18)
語中の[t]	24(9)	2(1)	6(2)	32(11)	語中の[d]	25(9)
[ʧ]	13(7)	3(2)	4(2)	20(10)	[ʤ]	21(10)
語頭の[ʧ]	10(10)	0(0)	2(2)	12(12)	語頭の[ʤ]	18(18)
語中の[ʧ]	3(3)	3(3)	2(2)	8(8)	語中の[ʤ]	3(3)
[p]	51(7)	89(12)	22(3)	161(22)	[b]	89(12)
語頭の[p]	28(6)	84(17)	19(4)	131(26)	語頭の[b]	71(14)
語中の[p]	23(10)	5(2)	3(1)	31(13)	語中の[b]	18(8)

---

7)　表12・13の(　)内の数字は誤答率で、単位は％。

表13 単語レベルでの有声音・無声音の誤答数と誤答率

無声音	有声音化	硬音化	激音化	合計		有声音	無声音化
[k]	56(6)	28(3)	54(5)	138(14)		[g]	149(15)
語頭の[k]	19(4)	5(1)	36(7)	60(12)		語頭の[g]	110(22)
語中の[k]	37(7)	23(5)	18(4)	78(16)		語中の[g]	39(8)
[t]	23(4)	14(2)	24(4)	61(10)		[d]	76(13)
語頭の[t]	7(2)	5(2)	10(3)	22(7)		語頭の[d]	58(19)
語中の[t]	16(5)	9(3)	14(5)	40(20)		語中の[d]	18(6)
[tʃ]	23(12)	14(7)	3(2)	40(20)		[dʒ]	32(16)
語頭の[tʃ]	15(15)	3(3)	3(3)	21(21)		語頭の[dʒ]	15(15)
語中の[tʃ]	8(8)	11(11)	0(0)	19(19)		語中の[dʒ]	17(17)
[p]	13(2)	89(12)	26(4)	128(17)		[b]	106(14)
語頭の[p]	11(2)	84(17)	20(4)	115(23)		語頭の[b]	89(18)
語中の[p]	2(1)	5(2)	6(3)	13(5)		語中の[b]	17(7)

　最も誤答率が高かったのは、調査Ⅰでは[p]で22％、調査Ⅱでは[tʃ]で17％であった。次いで、調査Ⅰでは[g]の15％、[d]の13％、[b]の12％となっている。調査Ⅱでは、2番目に誤答率が高かったのが[p]で17％、次いで[dʒ]の16％、[g]の15％と続いている。

　語頭と語中に分けて見てみると、調査Ⅰ・調査Ⅱともに、語頭の[p]の誤答率が、それぞれ21％、23％と最も高く、次いで調査Ⅰでは、語頭の[g]の21％、語頭の[d]および[dʒ]の18％、語中の[k]の16％と続き、調査Ⅱでは、語頭の[g]の22％、語頭の[tʃ]の21％、語中の[tʃ]および語頭の[d]の19％と続いている。

　つまり、語頭では[g][d][dʒ]をはじめ、有声音の誤答率が総じて高くなっており、有声音以外では、無声音の[p][tʃ]が高かった。ま

た、語中の場合、調査Ⅰでは[k][p]が、調査Ⅱでは[k][t][tʃ]が高く、有声音は調査Ⅱで[dʒ]の誤答率が17％であったのを除けば、全体的に低くなっていた。

3. 誤用調査Ⅲ

（1）調査の目的および対象と方法

　誤用調査Ⅰ・Ⅱで、ミニマル・ペアを用いた誤用調査を行なったが、日本語の音声に関する知識があり、ミニマル・ペアによる発音練習などを通じて、正しい発音ができるようになった学習者でも、より自然な発話において、常に正しく発音できるわけではない。むしろ、自然な発話において誤用となりやすい音声が、本当の意味で習得困難な音声であると言えよう。そこで、自然な発話における誤用の傾向について調べるために、自然な発話に近いスピーチに現れた誤用について調査した。調査の対象者は徳成女子大学日語日文学科の4年生15名で、このうち、4名は一年間日本に語学留学した者であり、5名が2〜3ヶ月の語学研修の経験があった。また、全員が日本語能力試験１級の学力を持つことから、学習段階としては上級レベルであると言えよう。上級レベルの学習者を対象としたのは、より自然な発話に近いスピーチができると思われたからである。

　調査方法は、1995年5月30日と31日の2日にわたって発表したス
ピーチをカセットテープに録音し、これを再生して誤用を抽出した。
スピーチは3分以内でテーマは自由とし、自然な早さと正しい発音を
心掛けるよう指示した。誤用の抽出は、調査資料であるテープを再
生して発音に異常がある部分を抽出した。また、それがどのような
誤用であるかを調べ、集計した。今回の調査の目的は誤答率の測定
ではなく、自然な発話における誤用の傾向を調べ、その原因を分析
することにあるので、誤用の抽出にあたっては、意味の弁別という点
では問題がなくても、厳密な意味で正確な日本語の発音ではないと
思われるものはすべて誤用と見なして、抜き出した。

　日本語の音節として認定されている103の音節のうち、調査資料
のスピーチに現れず、調査できなかった音節は12[8]で、いずれも「子
音＋半母音＋母音」からなる音であった。これらはいずれも主として
外来語や擬音語・擬態語に現れる音節で、出現頻度も低いことから
問題にしなかった。

(2) 誤用調査Ⅲの結果

　スピーチから抽出された誤用は1738例であった。調査したスピーチ
の音節数は17172音節で、文節数(助詞は単語とともに数え、助動詞
は動詞とともに数えた)は3142文節であった。したがって、誤用の出

---

　8) 調査資料に現れなかった音声は、次の12である。「ぎゃ、にゅ、にょ、
　　 ひゅ、ぴゃ、ぴゅ、ぴょ、びゃ、びゅ、みゃ、みょ、りゃ」

現率は音節で見ると10.0％、文節で見ると55.0％となる。すなわち、10字に一つ、2つに一つの単語に誤用が見られたということになる。また、400字詰めの原稿用紙に書かれているとして単純計算すると、スピーチの分量は429行で、原稿用紙にして43枚となることから、誤用は1行に4ヵ所、一枚の原稿用紙に約40ヵ所の割合で現れたことになる。

調査結果を表にすると次頁の表14のようになる。

表14　誤用の数と出現率9)

	誤用の数	出現率		誤用の数	出現率
語頭の[k,t,tʃ,p]	65	1.51	/h/	60	1.40
語中の[k,t,tʃ,p]	519	12.07	子音＋[j]	62	1.44
語頭の[g,d,ʤ,b]	66	1.53	/n/	50	1.16
語中の[g,d,ʤ,b]	22	0.51	/m/	29	0.67
促音/Q/	125	2.90	/r/	24	0.56
長音/R/	71	1.65	/s/	60	1.40
短音の長音化	88	2.05	半母音/j,w/	14	0.32
撥音/N/	88	2.05	母音	157	3.65
[ʣ]	35	0.81	子音＋[i]	124	2.89
[ts]	49	1.14	誤用の総数	1738	40.41

最も誤用が多かったのは、語中の無声音の519例で、無声音が語頭にきた場合の誤用65例を合わせると、無声音の誤用は584例となり、誤用全体の35.6％に達した。さらにこれに語頭・語中の有声音の誤用88例を加えると、有声音と無声音に関する誤用は合わせて

9）出現率は、400字詰めの原稿用紙一枚に現れる誤用の数を示す。

672例で、これは誤用全体の41.0％を占めた。

　また、無声音の誤用には、有声音化・激音化・硬音化の三つの誤用のパターンが見られた。

　これを表にすると次頁の表15のようになる。

表15 無声音と有声音の誤用の傾向(誤用調査Ⅱ)

	有声音化	激音化	硬音化	合計		無声音化
語頭の無声音	47	11	7	65	**語頭の有声音**	66
[k]	28	3	2	33	[g]	15
[t]	17	5	5	27	[d]	35
[ʧ]	2	1	0	3	[ʤ]	9
[p]	0	2	0	2	[b]	7
語中の無声音	259	10	250	519	**語中の有声音**	22
[k]	113	3	68	184	[g]	7
[t]	139	7	149	295	[d]	11
[ʧ]	5	0	3	8	[ʤ]	2
[p]	2	0	16	18	[p]	2
合計	306	21	257	584	合計	88

　語頭では、有声音化の誤用が最も多く、全体の70％を占めた。次いで激音化が17％、硬音化が11％となっていた。

　韓国語でも[k,t,tʃ,p]は、語頭では無声音として発音されるが、日本語の語頭の無声音は弱い有気の緊張音であるのに対して、韓国語の語頭の無声音は極弱い有気の弛緩音であるため、同じ弛緩音である有声音に聞こえる場合があるものと思われる。

　また、語中の無声音の誤謬は、誤用調査Ⅱの単語レベルでは、有

声音化が43%、硬音化が32%、激音化が25%で、文章レベルでは、有声音化が76%と非常に多く、硬音化が14%、激音化が10%であったが、スピーチによる誤用調査Ⅲでは、有声音化が52%、硬音化が44%で、激音化の誤用は4%に過ぎなかった。つまり、上級レベルの自然な発話に近いスピーチに現れた語中の無声音の誤用は、中級レベルの学習者が丁寧に発音した単語レベルに近く、激音化の誤用が非常に少なくなっていると言えよう。

　これをグラフにすると次のグラフ3のようになる。

グラフ3　語中の無声音の誤用の傾向（誤用調査Ⅲ）

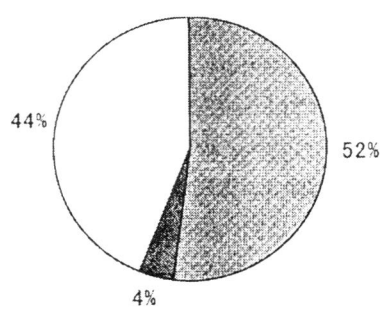

語中の無声音の場合、韓国語の[k,t,tʃ,p]は語中では有声音として発音されるため、有声音化してしまいやすい。誤用調査Ⅲでは、語中の無声音が硬音化する誤用が有声音化する誤用とほぼ同じであったが、これは調査対象者が上級レベルの学習者であったことから、

有声音化してしまうのを矯正しようとして、硬音化してしまったものと思われる。したがって、初級レベルの学習者を対象とした場合、有声音化の誤用がずっと多くなるものと推測される。

激音化の誤用が少なかった理由としては、韓国語には有気・無気の対立があり、有気音か無気音かによって、全く異なる音素となるため、無気音である日本語の語中の無声音を有気音の激音として発音することは少ないからであろう。また、語頭の場合、日本語の語頭の無声音も弱い有気音であり、日本語では有気・無気の区別が意味の弁別機能を持たないことから、たとえ激音で発音したとしても、これを誤用であると判断することは稀であると思われる。

また、モーラ音の促音、撥音、長音の誤用の出現率も高く、促音の誤用が125例で出現率が2.90％、撥音の誤用が88例で2.05％、長音の誤用が71例で1.65％であった。これ以外に、短音を長音のように長く発音している誤用が98例で2.05％あった。

ところで語中の無声音のうち、硬音化の誤用の場合は、無声音の前に促音があるように聞こえることから、非促音の促音化の誤用となる。したがって、この場合の誤用250例も、モーラすなわち拍に関する誤用であると言えよう。したがって、モーラに関する誤用の総数は642例となり、誤用全体の37％を占めることになる。

モーラに関する誤用がこのように多いということは、学習者の話す日本語のリズムが非常に乱れていることを示すもので、有声音と無声音の識別と並んで韓国人日本語学習者に対する音声教育上の大きな問題であることが明らかとなった。

有声音・無声音の誤用とモーラに関する誤用を合わせると、1044

となり、全体の誤用の60.0％を占める。

　誤用調査Ⅲの結果を誤用調査１の結果と比較してみると、誤用調査Ⅰでは母音・半母音に続く鼻母音となる撥音の誤答率が最も高く、その次が韓国語にはない[ts]および[dz]であった。[ts]および[dz]について今回の調査での結果を見てみると、[ts]の誤用は49例で、[dz]の誤用は35例であった。これはそれぞれ誤用の出現率は0.3％、0.2％であまり高くなかったが、　調査資料に現われた[ts]の音節数が172、[dz]が88であったことから、誤用率はそれぞれ28.5％と39.8％となり、今回の調査対象者が上級レベルの学習者であったにもかかわらず、やはり[ts]および[dz]の発音は、学習者にとって習得しにくい音であることがわかる。ただし、調査対象者一人一人についてみると、[ts]および[dz]の発音に問題のない学習者も何人か見られ、これは先の有声音と無声音、モーラ音の誤用がどの学習者にも現われていたのとは異なり、一旦習得してしまえばあまり誤用として現われないことが考えられる。

　/h/は語頭では　[ç,ɸ]を[h]と発音する誤用が見られ。語中では[ɦ]と発音したために、[h]が脱落したように聞こえるという誤用が見られた。半母音と拗音は[ij–,uw–]のように2音節として発音されたものが多かった。また、/zj/が口蓋化していないために、　[dz]と[dʒ]の中間音のように聞こえるもの(例「女性」「以上」「手術」)が41例あった。

　これ以外では、/ s // n //m/は、誤用が現われないものと予測されたが、調査の結果では、それぞれ60例、50例、29例あった。/s/の場合は、[ʃi]が[si]となっていたものが全体の62％にあたる37例と最も多く、それ以外の22例は摩擦音が弱くなっているもの(例「～まし

た。」「走る」「もしかしたら」など)であった。/m，n/は破裂音化して[b,d]のように聞こえるもの(例「認められ」「飲みすぎて」「見違える」「品定め」「泣き声」「身なり」)であった。

　母音の誤用も157例と多かったが、このうち/ei//ou/の誤用がそれぞれ71例、38例であった。また、母音/－i/を伴う場合、硬口蓋化せずに発音されることが多く、/ki，zi，ci/の誤用が合わせて124例となっていたほか、/hi/が25例、/zji/が41例、/si/が45例見られた。

第四章
日本語と韓国語の音響音声学的対照

　誤用調査Ⅰ、Ⅱ、Ⅲで、韓国人日本語学習者の誤用の傾向について調べた。そこで、そうした誤用がなぜ生じるのかについて調べるために、韓日両国語を音響音声学的に対象比較することによって、その違いを明らかにし、誤用の原因について科学的に分析してみた。

1．母音

（1）研究の対象と方法

　音響実験は2002年11月28日と12月16日、12月20日に行なった。録音にはSONY社のカセットテープレコーダーTCM-80とコンデン

サーマイクロホンECM‐TS120を使用し、分析はSUGISpeech Analyzerで行なった。また、円唇性を観察するためにSONY社のDCR‐PC101NTSCデジタル・ビデオカメラで撮影した。

　実験材料は、日本語の母音5つとこの母音が子音の次に来る音節60、韓国語の母音8つとこの母音が子音の次に来る音節152である。

日本語

あ　い　う　え　お
あ　か　さ　た　な　は　ま　ら　が　ざ　だ　ば　ぱ
い　き　し　ち　に　ひ　み　り　ぎ　じ　ぢ　び　ぴ
う　く　す　つ　ぬ　ふ　む　る　ぐ　ず　づ　ぶ　ぷ
え　け　せ　て　ね　へ　め　れ　げ　ぜ　で　べ　ぺ
お　こ　そ　と　の　ほ　も　ろ　ご　ぞ　ど　ぼ　ぽ

韓国語

아　어　오　우　으　이　에　애
가　거　고　구　그　기　게　개　까　꺼　꼬　꾸　끄　끼　께　깨
나　너　노　누　느　니　네　내
다　더　도　두　드　디　데　대　따　떠　또　뚜　뜨　띠　떼　때
라　러　로　루　르　리　레　래
마　머　모　무　므　미　메　매
바　버　보　부　브　비　베　배　빠　뻐　뽀　뿌　쁘　삐　뻬　빼
사　서　소　수　스　시　세　새　싸　써　쏘　쑤　쓰　씨　쎄　쌔

자 저 조 주 즈 지 제 재 짜 쩌 쪼 쭈 쯔 찌 쩨 째

차 처 초 추 츠 치 체 채

카 커 코 쿠 크 키 케 캐

타 터 토 투 트 티 테 태

파 퍼 포 푸 프 피 페 패

하 허 호 후 흐 히 헤 해

　被験者は、母音単音についてはソウル出身の韓国人6名(男性3名女性3名)と東京出身の日本人6名(男性3名と女性3名)である。

日本人被験者

　　J1　20代男性。会社員。

　　J2　20代女性。会社員

　　J3　30代男性。高校教師。

　　J4　30代女性。主婦。

　　J5　30代女性。韓国在住の日本語教師。

　　J6　30代男性。韓国在住の日本語教師。

韓国人被験者

　　K1　20代女性大学院生。

　　K2　20代男性大学生。

　　K3　20代女性。大学生。

　　K4　40代男性。研究員。

　　K5　30代女性。主婦。

　　K6　40代男性。会社員。

　フォルマント周波数1)を測定するために、録音した日本語と韓国語の母音を一つずつ音声分析器にかけ、音声波形と広帯域スペクトログラム、フォルマント軌跡を表示した。

　母音のフォルマント周波数は測定する点によって、前半部分、中間部分、後半部分とでは多少の差異が生じる。当初、この数値を平均する方法も考えたが、フォルマント軌跡を参考にして、中間部分の安定しているフォルマントの数値を何ヶ所か測定すると、連続して同じ数値が表示される部分が見られる。この部分のフォルマントを測定しようとする母音のフォルマント数値とした。

　次頁の図2は、「가」の母音のフォルマントを測定する画面である。「가」の母音[a]の前半部分から、カーソルを移動して行くと、F1F2の数値は僅かずつ異なるが、中間部分でF1が781ms.、F2が1109ms.の数値が連続している部分が見られる。この場合の母音のフォルマントは、F1が781ms.、F2が1109ms.ということになる。

---

1) フォルマントとは、母音を発音する場合の強く共鳴する部分のピークのことで、周波数の低い方から第1フォルマント、第2フォルマント、第3フォルマント、第4フォルマント(F1,F2,F3,F4)と呼ばれ、この数値が音質を決定している。特に第1と第2フォルマント(F1,F2)の周波数は、それぞれ舌の高低と舌の前後の位置、つまり前の舌を高めるか奥の舌を高めるかを示している。

図2 母音のフォルマント測定画面(가)

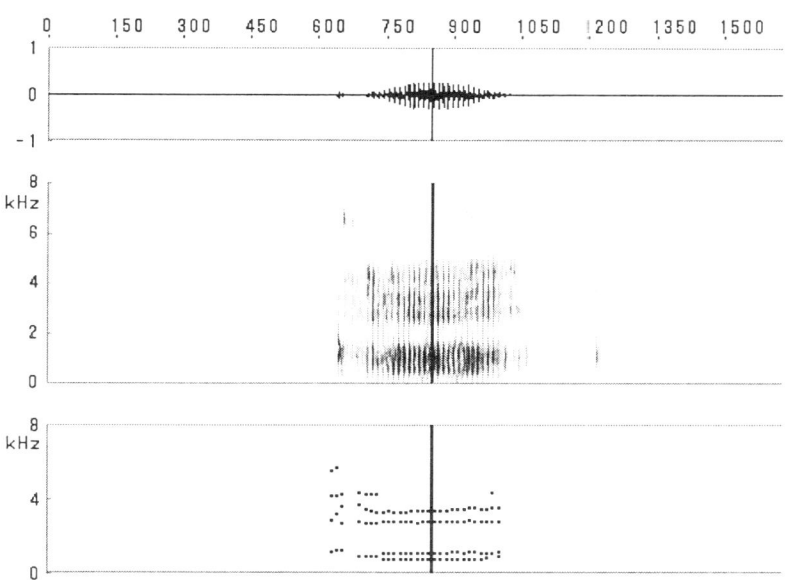

　このようにして、被験者6名が5回ずつ発音した母音のフォルマント周波数を測定し、第1回目と第5回目の数値を除く、3回の数値を測定値とし、中間の数値をその被験者のフォルマント周波数とした。

(2) 韓国人日本語学習者の誤用の傾向

　母音の場合、「う、お」の円唇化と、「え」[ε]を「ㅇ」[e]と発音するという誤用が予測されたが、いずれも意味の弁別には支障がないた

め、調査Ⅰのミニマル・ペアによる調査では、対象としなかった。しかし、調査Ⅲのスピーチによる調査では、母音の誤用が157例あった。このうち、/ei//ou/のような母音の連続を、[eː][oː]と長音として発音せずに、そのまま[ei][ou]と発音している誤用が、それぞれ71例と38例あり、その他の母音の連続/aa//ii//oo/が長音として発音されていない誤用が6例あった。したがって、母音単音の誤用は42例で、その内訳は、[ɛ]を[e]と発音している誤用が17例、[u]と[o]をそれぞれ円唇化している誤用が13例と3例あった。この他、母音の誤用には含まれていないが、[i]が子音の後に来ると、前の子音が硬口蓋化するが、硬口蓋化していない誤用が235例も見られた。

(3) フォルマント周波数の測定とその分析

録音した韓国語および日本語の音声を音声分析器にかけて、先に述べた方法で第1フォルマント(F1)の周波数と第2フォルマントの周波数(F2)を測定し、これを比較した。フォルマントは、母音のみの場合と子音に伴う場合の両方について測定した。

また、母音のみの場合と子音を伴う場合のそれぞれのフォルマント周波数の平均値から、F1-F2平面図を作成した。

① /V/のフォルマント周波数

日本語・韓国語の母音のフォルマント周波数とその平均値を表に

すると、次頁の表16、17のようになる。

表16 日本語/V/のフォルマント周波数

	い		え		あ		お		う	
	F2	F1	F2	F1	F2	F1	F2	F1	F2	F1
J1	2725	325	2317	483	1363	888	925	483	1275	375
J2	2263	263	1738	475	1163	775	838	550	1300	363
J3	2533	278	2230	532	1407	791	892	442	1267	348
J4	2484	295	2015	453	1296	828	765	531	1109	328
J5	2812	296	2359	578	1343	859	937	578	1437	328
J6	2203	265	2421	537	1093	734	1187	437	1140	290
平均	2464	295	2369	510	1228	811	1056	460	1254	332.5

表17 韓国語/V/のフォルマント周波数

	ㅣ		ㅔ		ㅐ		ㅏ		ㅓ		ㅗ		ㅜ		ㅡ	
	F2	F1	F2	F1	F2	F1	F2	F1	F2	F1	F2	F1	F2	F1	F2	F1
K1	2494	301	2229	485	2225	504	1380	789	936	529	661	317	739	281	1362	384
K2	2334	256	2074	422	1972	598	1220	812	1070	540	946	408	926	306	1174	352
K3	2804	288	2260	492	2356	684	1558	1098	1002	594	944	336	910	336	1410	341
K4	2208	244	2058	342	1833	603	1247	800	1033	608	723	419	753	297	1319	347
K5	2031	334	1834	506	1825	604	1292	803	999	534	840	519	920	340	1155	352
K6	2390	250	2093	437	1906	609	1125	718	953	609	734	437	656	343	1281	359
平均	2442	276	2161	461	2066	556.5	1252.5	753.5	944.5	569	697.5	377	697.5	312	1321.5	372

　また、平均値をグラフにすると次頁のグラフ4、グラフ5のように
なる。

グラフ4　日本語の/v/のフォルマント周波数

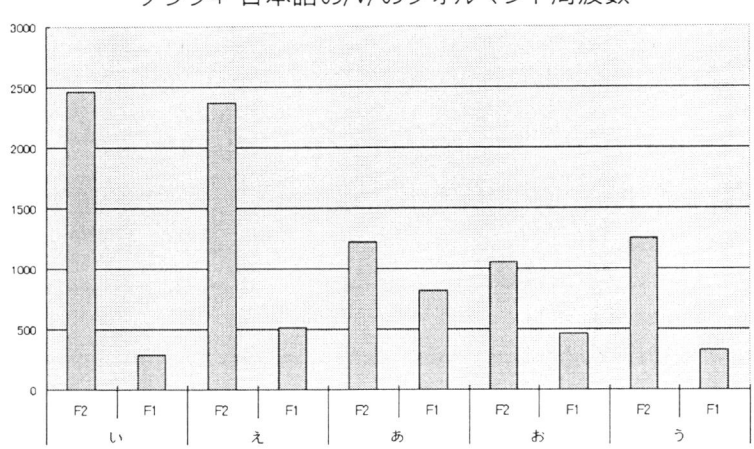

グラフ5　韓国語の/v/のフォルマント周波数

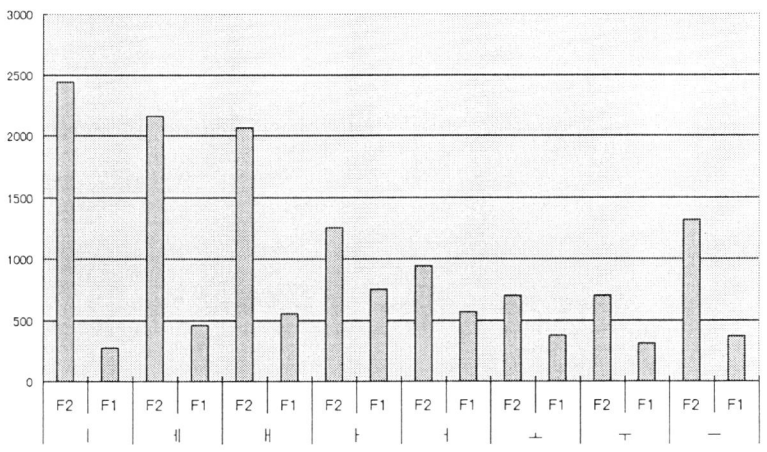

　日本語の場合、F1の数値が最も高かった(すなわち舌の位置が最も低く、開口度が大きい)のは「あ」で811HZ、続いて「え」の510HZ、「お」の460HZ、「う」の332.5HZ、最も低かったのは「い」の295HZであった。また、F2の数値が最も高かった(すなわち舌の盛り上がりの位置が前寄り)のは「い」で2464HZ、続いて「え」の2369HZ、「う」の1254、「あ」の1228HZ、「お」の1056HZとなっていた。ここで特記すべきことは、「う」のF2が「あ」よりもわずかに高くなっていたことである。つまり「う」はかなり前寄りで、「あ」も一般的に言われているように後舌ではなく、やや後寄りの中舌である言えよう。

　韓国語の場合は、F1の数値が最も高かったのは、やはり「ㅏ」で754HZ、続いて「ㅓ」の569HZ、「ㅐ」の556.5HZ、「ㅔ」の461HZ、「ㅗ」の377HZ、「ㅡ」の371.5HZ、「ㅜ」の312HZで、最も低かったのは「ㅣ」で275.5HZであった。また、F2の数値が最も高かったのは「ㅣ」で2442HZ、続いて「ㅔ」の2161HZ、「ㅐ」の2065.5HZ、「ㅡ」の1321.5HZ、「ㅏ」の1252HZ、「ㅓ」の944.5HZ、「ㅗ」と「ㅜ」はともに697.5HZで最も低かった。ここで注目すべきことは、後舌音とされている「ㅏ,ㅓ」が他の後舌音の「ㅗ」「ㅜ」よりもかなり前寄りであったことである。また、「ㅗ」と「ㅜ」のフォルマント周波数が非常に近似しており、「ㅜ」の方がやや後ろ寄りで、舌の位置は高くなっていた。

　次に、日本語と韓国語の母音を比較するために、F1-F2平面図に表示してみた。次頁の図3である。

図3 日本語と韓国語の母音のF1-F2平面図

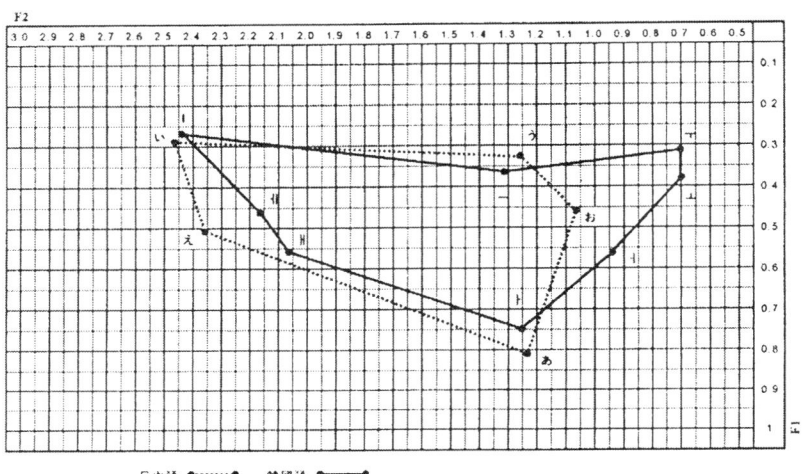

　図3を見てもわかるように、「う」以外は、日本語の母音のほうが前寄りに位置している。この結果から日本語の母音をそれに該当する韓国語の母音と比較してみると次のようになる。

ⅰ　「い」と「ㅣ」の比較

　「い」と「ㅣ」は非常に近い数値を示した。「い」のF1数値は2462HZで、「ㅣ」のF1数値の2442HZよりやや高く、F2数値も「い」が295HZであったのに対して、「ㅣ」は275.5HZと「い」の方がやや高かった。つまり、日本語の「い」は韓国語の「ㅣ」よりやや広く、舌の位置はやや前寄りだが、日本語の5つの母音の中で最も韓国語の該当する音に近いと言える。

ii 「え」と「ㅔ」「ㅐ」の比較

F1数値は、「え」が510HZ、「ㅔ」が461HZ、「ㅐ」が556.5HZで、「え」が「ㅔ」と「ㅐ」の中間に位置している。また、F2数値は、日本語の「え」が2369HZで、「ㅔ」の2161HZや「ㅐ」2065HZよりずっと高く、むしろ「ㅣ」の2442HZに近い。つまり、日本語の「え」の開閉度は韓国語の「ㅔ」より広いが「ㅐ」より狭く、「ㅔ」「ㅐ」より前舌だと言える。

iii 「あ」と「ㅏ」の比較

「あ」のF1数値は811HZで、「ㅏ」の753.5HZよりやや高く、F2数値は1228HZで「ㅏ」の1252.5HZと近い。つまり日本語の「あ」は韓国語の「ㅏ」よりやや広く、前寄りであると言える。日本語の「あ」と韓国語の「ㅏ」は一般的に後舌と言われているが、前寄りで、やや後寄りの中舌と言ってもよいだろう。

iv 「お」と「ㅓ」「ㅗ」の比較

「お」のF1数値は460HZで、「ㅓ」の569HZと「ㅗ」の377HZの中間に位置する。また、F2数値は1056HZで、「ㅗ」の697.5HZよりずっと高く、「ㅓ」の944.5HZに近い。つまり、日本語の「お」は韓国語の「ㅓ」より狭いが、「ㅗ」より広く、「ㅗ」よりずっと前舌で、「ㅓ」よりもやや前舌であると言える。

v 「う」と「ㅜ」「ㅡ」の比較

「う」のF1数値は332.5HZで、「ㅜ」の312HZより高く、「ㅡ」の371HZより低い。また、F2数値も1254HZで、「ㅜ」の697.5HZより

ずっと高く、「ㅡ」の1321HZにより近い。つまり、日本語の「う」は
韓国語の「ㅜ」より「ㅡ」に近く、「ㅡ」よりやや広く前舌であると言え
る。

② /CV/のフォルマント周波数

次に、/CV/つまり母音が子音の後に続く場合についても、それぞ
れのフォルマント周波数の数値を測定し、前に来る子音の影響につ
いても分析した。日本語・韓国語の/CV/のフォルマント周波数を表
にすると、次の表18のようになる。

表18 日本語/CV/のフォルマント周波数

	i		e		a		o		u	
	F2	F1	F2	F1	F2	F1	F2	F1	F2	F1
V	2750	285	2562	546	1281	828	937	531	1515	359
k	3015	312	2521	578	1453	859	1000	500	1921	421
s	2843	312	2453	656	1484	828	1125	609	2171	421
t	2968	296	2640	562	1453	875	1000	593	2078	375
n	3093	375	2468	625	1375	859	984	531	1765	421
h	3046	281	2593	593	1390	921	968	531	1375	375
m	3203	312	2531	593	1390	859	968	562	1781	406
r	2875	312	2453	609	1546	875	1078	625	1546	375
Average	2945	312	2487	593	1499	867	1039	562	1733	398

表19 韓国語 /CV/のフォルマント周波数

	ㅣ		ㅔ		ㅐ		ㅏ		ㅓ		ㅗ		ㅜ		ㅡ	
	F2	F1	F2	F1	F2	F1	F2	F1	F2	F1	F2	F1	F2	F1	F2	F1
ㄱ	2390	250	2203	375	2109	609	1125	781	906	593	718	453	687	328	1234	343
ㄴ	2453	343	2218	453	1921	609	1203	750	890	578	687	484	843	328	1531	343
ㄷ	2375	250	2093	437	1906	546	1203	812	859	546	703	437	781	343	1343	343
ㄹ	2468	281	2000	453	1875	625	1140	718	984	578	796	453	843	328	1312	359
ㅁ	2578	312	2125	468	1906	625	1156	765	906	593	671	437	671	343	1125	359
ㅂ	2406	250	1984	421	1906	609	1078	765	890	562	671	437	703	375	1281	359
ㅅ	2203	281	2000	437	1796	625	1156	765	921	593	750	438	781	343	1468	343
ㅈ	2171	281	2078	406	1906	609	1218	750	921	562	718	421	781	343	1343	343
ㅊ	2218	296	1968	484	1859	656	1250	750	984	609	796	436	906	375	1437	343
ㅋ	2484	296	2218	406	2062	609	1140	781	953	593	750	436	734	359	1203	375
ㅌ	2515	250	2093	437	1984	609	1156	765	937	609	734	515	828	343	1531	343
ㅍ	-	-	2140	406	1875	625	1140	781	937	609	750	500	718	375	1000	328
ㅎ	2437	250	2187	437	2000	640	1109	750	906	625	703	500	656	359	1296	390
ㄲ	2562	250	2218	390	1984	593	1109	718	875	578	703	468	-	359	1359	359
ㅃ	2484	265	2031	437	1828	625	1156	796	921	593	750	453	765	375	1093	359
ㅆ	2218	296	1812	453	1796	609	1218	781	906	578	812	468	859	343	1234	406
ㄸ	2406	265	2046	437	1859	562	1281	828	921	562	718	453	765	343	1468	375
ㅉ	2093	281	1937	437	1890	640	1281	765	953	578	859	484	1000	343	1546	359
Average	2380	276	2075	431	1914	612	1173	767	920	585	735	466	783	350	1322	357

　日本語、韓国語ともに子音の後に来る母音の音声波形を見ると、急激な上昇あるいは下降が見られるなど、/V/とは異なる形を示しており、フォルマント周波数も異なっていた。これは、前に来る子音の影響であると思われる。しかし、フォルマント軌跡が安定した部分におけるフォルマント周波数はグラフを見てもわかるように/V/のフォルマント周波数とそれほど大きな違いはなかった。韓国語と日

本語の/CV/のそれぞれのフォルマント周波数をグラフにすると、グラフ6、グラフ7のようになる。

グラフ6 子音別に見た日本語の/v/のフォルマント周波数

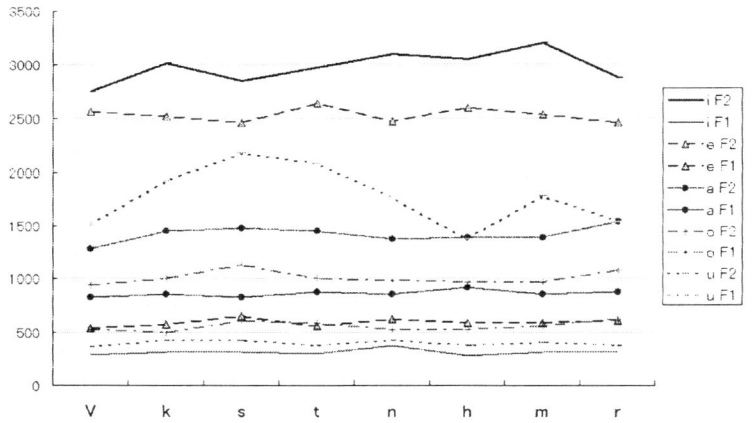

グラフ7　子音別に見た韓国語の/v/のフォルマント周波数

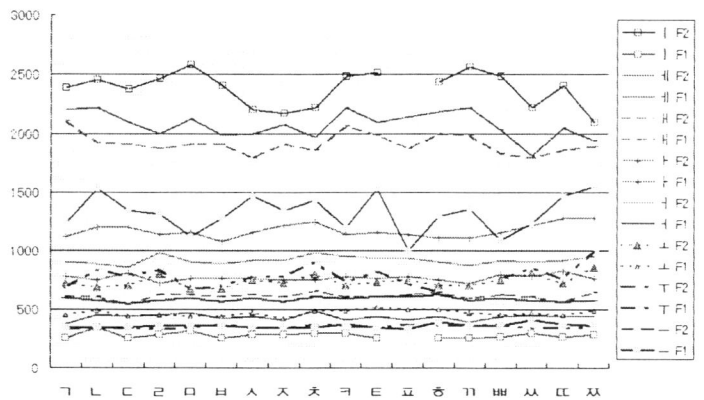

　/CV/と/V/のF2の数値が大きく異なっていたのは、/i/と/u/であったが、/i/の場合、F2の数値が全体的に高くなっていることがわかる。また、/u/は/k//s//t/、すなわち「く」「す」「つ」のF2の数値が他の/u/のF2の数値に比べて高くなっている。日本語の「く」「す」「つ」は他の/u/に比べて前寄りであることがここでも証明されていると言えよう。

　韓国語の場合、/CV/と/V/のF2の数値がほぼ同じであったが、個々の/CV/についてみると、「ㅣ」「一」の/CV/のフォルマント周波数は前に来る子音によってかなり異なっていることがわかる。

　「ㅣ」の場合、「ㅅ」「ㅈ」「ㅊ」「ㅆ」「ㅉ」の摩擦音と破擦音の後ではF2の数値が低くなっている。また「ㅍ」の後の「ㅣ」では母音の無声化が見られた。「一」の場合は、「ㄴ」「ㅅ」「ㅊ」「ㅌ」「ㄸ」「ㅉ」などいずれも舌を接触あるいは摩擦する子音の後で、F2の数値が高くなっている。

　/CV/のフォルマント周波数を、/V/のフォルマント周波数によって作成した図3に書き込んでみると次頁の図4のようになる。

図4 日本語と韓国語の母音のF1-F2平面図(/CV/)

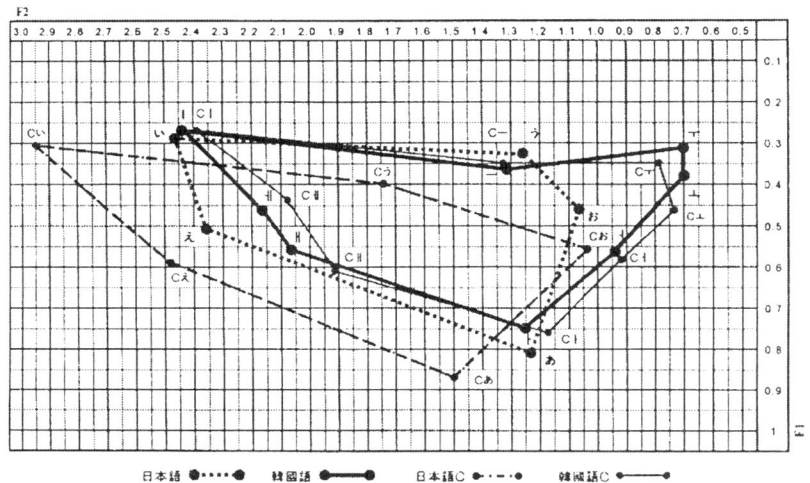

　図4を見ると、韓国語では、/CV/のフォールマント周波数が/V/、すなわち母音のみの時のフォルマント周波数とほぼ変わらない数値となっているが、日本語では、やや前寄りの「お」を除けば、いずれもかなり前寄りとなっており、特に「い」「あ」「う」では顕著である。このことから、日本語の母音のほうが、韓国語の母音よりも前に来る子音の影響を大きく受けるということができよう。

(4) 母音の持続時間

　日本語と韓国語の母音の持続時間を測定した。測定の結果を表にすると、次頁の表20、表21のようになる。

表20 日本語の母音の持続時間

	母音	K	S	T	N	H	M	R	G	Z	D	B	P	平均
a	263	263	248	228	228	225	213	202	196	190	190	208	219	246.0
i	242	196	184	202	184	196	219	156	156	161	179	185	225	201.6
u	278	240	221	214	161	191	191	180	167	196	150	190	242	222.8
e	228	214	191	191	186	219	166	172	144	138	179	156	190	202.0
o	260	202	196	167	196	205	185	167	161	173	173	190	242	204.2
平均	254	223	208	200	191	207	195	175	165	172	174	186	224	198

表21 韓国語の母音の持続時間

	V	ㄱ	ㄴ	ㄷ	ㄹ	ㅁ	ㅂ	ㅅ	ㅈ	ㅊ	ㅋ	ㅌ	ㅍ	ㅎ	ㄲ	ㅃ	ㅆ	ㄸ	ㅉ
ㅏ	335	277	277	323	294	352	329	341	260	265	277	260	289	306	271	219	260	196	196
ㅓ	323	294	341	329	271	317	312	317	317	300	306	323	265	294	312	279	283	277	190
ㅗ	265	242	254	248	225	237	248	277	265	254	225	271	231	254	242	219	208	225	190
ㅜ	358	306	329	321	294	335	329	294	300	312	283	289	283	312	254	312	260	289	231
ㅡ	358	323	265	300	341	317	323	341	317	289	271	312	289	312	277	300	271	277	202
ㅣ	346	312	277	317	306	335	335	312	323	312	300	323	260	335	300	300	254	260	242
ㅔ	323	294	300	306	312	317	323	300	323	242	289	289	208	312	317	306	294	237	242
ㅐ	323	306	271	329	283	277	317	335	300	260	254	283	231	323	323	312	283	225	196
平均	329	292	274	326	289	315	323	338	280	263	266	272	260	315	297	266	272	211	196

　日本語の母音の持続時間は、/V/の場合254msで、韓国語の母音の持続時間329ms.よりずっと短くなっている。さらに、/CV/の場合を見ると、日本語の母音の持続時間は平均190.0ms.であるのに対し

て、韓国語の母音の持続時間は280.6ms.とずっと長くなっている。

　これをグラフにすると、次頁のグラフ8、グラフ9のようになる。

グラフ8　日本語の母音の持続時間

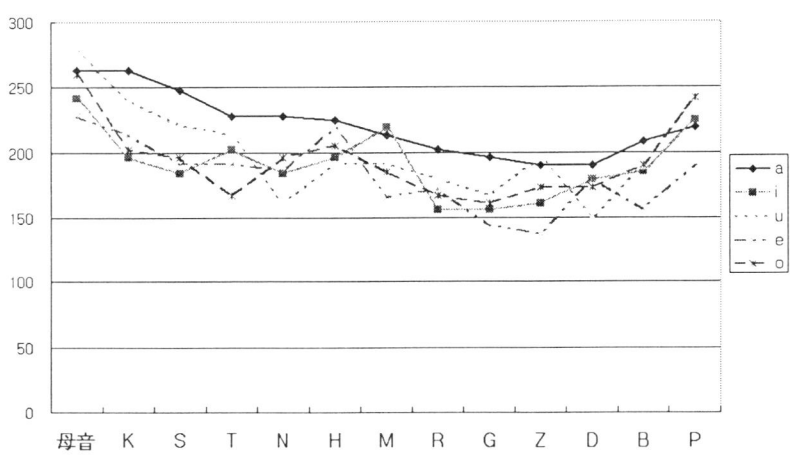

グラフ9　韓国語の母音の持続時間

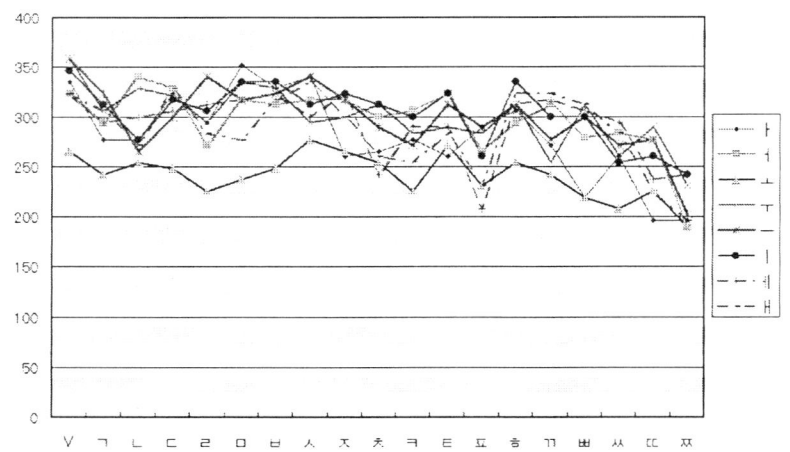

　子音別に見ると、日本語では/p,k,s,h,t/の順で、平均持続時間が
それぞれ224msec.(ms.)、223ms.、208ms.、207ms.、200ms.のよう
に、持続時間が長くなっていた。また反対に、持続時間が最も短
かったのは/g/で165ms.、続いて/z,d,b/の有声破裂・破擦音が、それ
ぞれ172ms.、174ms.、186ms.で、比較的短くなっていた。つまり、
無声子音に伴う母音の持続時間のほうが、有声子音に伴う母音よ
り、持続時間が長くなっていたということになる。

　これに対して、韓国語では「ㅅ,ㄷ,ㅂ」が338ms.、326ms.、323ms.
と、持続時間が長くなっていたが、同じ破裂音・破擦音の「ㅉ,ㄸ」
は、196ms.、211ms.と最も短かった。また硬音の中でも、「ㄲ,ㅆ」は
それぞれ297ms.、272ms.のように比較的長くなっていた。

(5) 円唇性

　母音の発音時の口の形をビデオカメラで撮影し、円唇性の有無に
ついて観察した。ここでは写真の提示は省略し、観察結果のみを簡
単に述べることにする。

　円唇性が見られないのは、日本語の「あ」「い」「え」、韓国語の「ㅣ」
「ㅔ」「ㅐ」「ㅏ」「ㅡ」である。日本語の「う」は韓国語の「ㅜ」のような著
しい円唇性は見られないが、韓国語の「ㅡ」のように全く円唇性が見
られないのではなく、若干の円唇性が観察できる。「く」「す」「つ」は
他の/u/に比べ、円唇性が弱いが、韓国語の「ㅡ」に比べれば微かに円
唇性が見られる。また、「お」は円唇性から言っても、「ㅗ」と「ㅓ」の
中間である。

2. 長音

(1) 研究の対象と方法

　日本語と韓国語の長音と短音の持続時間を測定し、誤用の原因について分析した。短音の持続時間を調べるために、2002年12月16日と12月20日に録音を行なった。また、長音と短音の持続時間を比較するために、それぞれをミニマル・ペアにしたものを2002年4月6日と8日に録音した。

　被験者はソウル出身の40代の韓国人2名(男女各1名)と東京出身の日本人2名(男女各1名)である。日本人被験者は韓国在住の日本語教師。韓国人被験者は男性は会社員、女性は主婦で、いずれも日本語学習歴はない。

　被験者にはそれぞれの短音を7回ずつ発音してもらい、これを録音して、最初と最後に発音したものを除く5回の発音を測定材料とした。40代の男女を被験者としたのは、40代以下の世代では長短の区別が薄れて来ていると言われている2)ことを考慮したためである。

　持続時間の測定は、被験者が発音した音声を録音し、これを音声分析器にかけて測定した。録音にはSONY社のMDレコーダー

---

2) 박주경(1987) "현대 한국어의 장단음에 대한 소고" 말소리11~14 대한음성학회 p.121-132
　　권경근(2002) '현대국어에서의 모음체계 변화의 움직임에 대하여-젊은 세대의말을 대사으로-' 언어학제30호 p.29-49
　　김성철(2005) '장단의 이해와 활용' 국어 생활 새 소식 4월호 p.1

MZ-R900とコンデンサーマイクロホンECM-TS120をそれぞれ使用
した。また、持続時間の測定はSUGISpeech Analyzerで行なっ
た。測定するにあたっては、測定材料を音声分析器にかけ、音声波
形とスペクトログラム、フォルマント軌跡を表示して、母音部分の
始まりと終わりの点にカーソルを合わせ、さらに、音声を再生して確
認したうえで、持続時間を表示するようにした。ただし、前後に有
声子音が来た場合など、母音部分と有声子音の区別がつきにくい場
合もあり、若干の誤差が生じる可能性は否めないものと思われる。
平均値は5つの測定材料の測定値の平均値とした。分析器の持続時
間はmsの単位で表示されるが、平均値は小数点以下第二位まで表
示した。

　研究の対象は、短音は以下の通り、日本語の母音/a、i、u、e、o/
〔ɑ̟、i、ɯ、e̞、o̞〕[3]の五つと、韓国語の母音/a、ɔ、o、u、
ɯ、i、e、ɛ/〔a̠、ɔ、o、u、ɯ、i、e、ɛ〕の八つ、また、これらの
母音が子音の後に来る日本語の音節60および韓国語の音節152の合
わせて225音とした。

日本語
　あ　い　う　え　お
　あ　か　さ　た　な　は　ま　ら　が　ざ　だ　ば　ぱ
　い　き　し　ち　に　ひ　み　り　ぎ　じ　ぢ　び　ぴ

---

3) 以下、日本語の母音は /a、i、u、e、o/と表記する。また、韓国語の母音
　は「ㅜ、ㅡ」「ㅔ、ㅐ」を区別するために、/a、ɔ、o、u、ɯ、i、e、ɛ　/と表
　記することにする。

う く す つ ぬ ふ む る ぐ ず づ ぶ ぷ
え け せ て ね へ め れ げ ぜ で べ ぺ
お こ そ と の ほ も ろ ご ぞ ど ぼ ぽ

韓国語

아 어 오 우 으 이 에 애
가 거 고 구 그 기 게 개 까 꺼 꼬 꾸 끄 끼 께 깨
나 너 노 누 느 니 네 내
다 더 도 두 드 디 데 대 따 떠 또 뚜 뜨 띠 떼 때
라 러 로 루 르 리 레 래
마 머 모 무 므 미 메 매
바 버 보 부 브 비 베 배 빠 뻐 뽀 뿌 쁘 삐 뻬 빼
사 서 소 수 스 시 세 새 싸 써 쏘 쑤 쓰 씨 쎄 쌔
자 저 조 주 즈 지 제 재 짜 쩌 쪼 쭈 쯔 찌 쩨 째
차 처 초 추 츠 치 체 채
카 커 코 쿠 크 키 케 캐
타 터 토 투 트 티 테 태
파 퍼 포 푸 프 피 페 패
하 허 호 후 흐 히 헤 해

　また、ミニマル・ペアーを選定するにあたって、すべての音節が単
語中で長音となるわけではないことや、韓国語の場合、長音は第 1
音節に現れ、第2音節以下では短音として発音される[4]などの理由か

---

　4)　例えば「밤」/paːm/(栗)と「밤」/pam/(晩)、「눈」/nuːn/(雪)と「눈」/nun/

ら、母音(/V/)の場合、無声子音を前に伴う(/無声子音＋V/)場合、有声子音を前に伴う(/有声子音＋V/)場合の三つの場合に分け、第1音節の母音の長短が意味の対立をなすミニマル・ペアーをそれぞれ選んで、これを調査対象とした。韓国語では、短音とミニマル・ペアーにならない長音の場合、後に同じ音が来る語とペアーにした。また日本語の場合、高低アクセントをもつため、ミニマル・ペアーを選定するにあたっては、できるだけ同じアクセントになるよう心掛けた。調査の対象とした単語は次の78語である。

日本語

	/V/	/無声子音＋V/	/有声子音＋V/
短母音/a/	あと	加算	出す
長母音/aː/	アート	かあさん	ダース
短母音/i/	家	地図	二、三
長母音/iː/	いいえ	チーズ	にいさん
短母音/u/	売る	すり	蒸す
長母音/uː/	ウール	数理	ムース
短母音/e/	駅	世界	出た
長母音/eː/	鋭気	正解	データ
短母音/o/	おじ	凝る	土壌
長母音/oː/	王子	凍る	道場

(目)は母音の長短によって意味の対立を成すが、これが「군밤」(焼き栗)や「싸락눈」(みぞれ)のように第2音節以下になると短音化して発音される。

韓国語

	/V/	/無声子音＋V/	/有声子音＋V/
短母音(/ㅏ/))	아기(赤ん坊)	사장(社長)	
長母音(/ㅏ:/)	아기(雅気)	사장(死蔵)	나부(裸婦)
短母音(/ㅓ/)	어류(魚類)	버리다(捨てる)*	머러지다(遠くなる)*
長母音(/ㅓ:/)	어류(語類)	벌다(稼ぐ)*	멀다(遠い)*
短母音(/ㅗ/)	오심(悪心)	고장(地元)	노동(労働)
長母音(/ㅗ:/)	오심(誤審)	고장(故障)	노동(老童)
短母音(/ㅜ/)	우편(郵便)	수학(修学)	무기(無期)
長母音(/ㅜ:/)	우편(右便)	수학(数学)	무기(武器)
短母音(/ㅡ/)	음신(音信)*	그네(彼ら)	늠그다(殻を剥く)*
長母音(/ㅡ:/)	음식(飲食)*	그네(ブランコ)	늠연(瞭然)*
短母音(/ㅣ/)	이유(離乳)	지각(知覚)	미관(美観)
長母音(/ㅣ:/)		이유(理由)	지각(枳殻)미군(米軍)
短母音(/ㅔ/)	에도(～にも)	제사(題詞)	메기다(矢をつがえる)
長母音(/ㅔ:/)	에돌다(尻込みする)	제사(祭祀)	메기(なまず)
短母音(/ㅐ/)	애교(愛嬌)	재미(楽しみ)	내사(来社)
長母音(/ㅐ:/)	애교(愛校)	재미(在米)	내사(内査)

　韓国語の単語中(*)のついている［ɔ, ɯ］を含む単語とそのペアの単語は、パッチムを伴っていたため、平均値を算出する際には除外した。また、子音を伴う半母音は、「子音＋母音」の対立もあり、誤用の原因に他の要素が考えられることから、調査の対象から除外した。

（2） 韓国人日本語学習者の誤用の傾向

　ミニマル・ペアによる誤用調査Ｉの結果を見ると、長音を短音化して発音する誤用は、予想に反して9％と低かった。むしろ、短音を長音化して発音する誤用が27％と意外に高くなっていた。

　また、スピーチによる誤用調査Ⅲの結果は、長音の短音化が71例、短音の長音化の誤用が98例で、長音の短音化の誤用がかなり見られたと同時に、短音の長音化の誤用がそれ以上に高かった。

　長音の短音化の誤用について見ると、調査対象となった長音の数が583例であったことから、長音の誤用率は12.12％となる。また、短音の長音化の誤用の出現率は、全音節数17172から見ると0.6％であるが、全音節の中には、長音とならない促音や撥音も含まれているほか、長音も含まれていることや、促音・長音の前後の音も長音とはならないことを考慮すると、誤用率はずっと高くなるものと思われる。

　これらの誤用が何音節目に生じているかを調べてみた。その結果が次の表22である。

表22　長母音の誤用の発生場所

	第１音	第2音	第３音	第4音	第5音
長音の短音化	36	9	22	2	2
短音の長音化	59	11	18	6	4

　韓国語の場合、長音として発音されるのは第1音節に限られてお

り、第2音節以下では短音として発音されるため、第2音節以下に来る長音の短音化の誤用が多く見られるのではないかと思われたが、むしろ第1音節の誤用が最も多かった。また、第2音節以下の場合、誤用の現れた音節が単語の語末に来ているものが、長音の短音化では34例、短音の長音化では31例あった。つまり、母音の長音化と長音の短音化の誤用では、いずれも第1音節の場合が最も多く、それ以外では語末に多く現れたと言える。

　次に、母音別の誤用を見ると次のようになる。

表23　母音別に見た誤用の数

	/a/	/i/	/u/	/e/	/o/
長音の短音化	4	2	21	14	30
短音の長音化	17	16	11	11	43

　長母音の短音化の誤用が最も多かったのは/o/で、30例であった。また、次に多かったのは/u/で21例、続いて/e/の14例となっている。/e/　に関しては、長音の短音化は14例であったが、/ei/を長音の/e:/と発音せずに、/ei/と発音していた場合が71例もあった。同じく/ou/の場合も/o:/と長音として発音せずに、/ou/と発音していた場合が38例あり、これらを長音として発音した場合、これが短音化する誤用も増えるものと思われるため、/e://o:/の短音化の誤用数はもっと多くなるものと推測される。短音の長音化の誤用も/o/が最も多く、43例であった。

　次に、母音の環境別に誤用の傾向を見ると次のようになる。

表24 環境別に見た誤用の数

	/vv/	/無声子音+vv/	/有声子音+vv/
長音の短音化	4(6%)	48(68%)	18(25%)
短音の長音化	5(5%)	32(33%)	62(63%)

　長音の短音化では、無声子音に続く母音が48例もあり、誤用の半数以上を占めた。また、短母音の長音の誤用98例のうち、濁音が35例を含む有声子音に続く母音の誤用が62例でやはり半数以上を占めた。また、撥音の前の音が長音化している例も9例あった。

（3）日本語と韓国語の短母音の持続時間

　誤用調査ⅠおよびⅡの結果から、予想に反して短音の長音化の誤用が多いことが分かった。そこで、日本語と韓国語の短母音の持続時間を測定し、誤用の原因を分析することにした。
　日本語と韓国語の短母音の持続時間を測定した結果を表にすると、表25、表26のようになり、これをグラフにするとグラフ10、グラフ11のようになった。

表25 日本語の短母音の持続時間(単位: ms.)

	V	k	s	t	n	h	m	r	g	z	d	b	p	ave.	標準偏差
a	273.60	260.70	252.60	232.70	233.00	228.80	233.70	220.90	210.70	195.40	215.20	223.60	211.70	230.20	25.85
i	252.70	218.60	194.80	204.10	192.70	215.20	210.70	223.00	183.10	189.90	183.50	202.10	210.40	206.22	24.86
u	279.10	238.80	216.80	207.80	198.60	193.20	206.30	199.90	188.50	204.70	164.60	190.00	194.50	206.37	34.04
e	262.60	243.40	216.50	215.10	201.80	211.70	201.30	211.30	164.30	169.30	180.20	178.70	218.90	205.78	38.67
o	253.20	204.30	187.80	196.40	180.00	191.50	193.40	166.30	177.80	153.20	168.90	186.80	182.60	187.86	32.90
ave.	264.24	233.16	213.70	211.22	201.22	208.08	209.08	204.28	184.88	182.50	182.48	196.24	203.62	207.28	
標準偏差	21.94	25.99	28.74	25.60	29.27	22.13	26.48	30.79	26.96	32.42	25.91	25.27	38.51		35.42

表26 韓国語の短母音の持続時間

	v	g	n	d	r	m	b	s	ʤ	ch
a	331.00	290.90	275.30	323.90	297.50	326.60	341.30	326.40	288.20	279.90
ɔ	329.80	307.10	317.20	322.20	270.10	317.70	332.80	321.30	314.10	309.10
o	300.40	279.20	270.60	282.80	255.70	277.20	289.30	296.70	292.20	268.20
u	366.80	301.10	323.30	314.30	280.60	319.70	335.80	283.30	290.80	299.90
ɯ	361.20	318.60	309.20	316.30	337.70	306.90	326.80	328.60	310.90	294.80
i	350.80	324.20	310.70	327.70	305.60	330.60	340.70	302.60	299.90	303.90
e	343.90	305.40	302.00	311.30	301.90	302.40	322.40	297.90	320.50	265.70
ɛ	330.60	301.00	277.40	312.20	286.70	285.70	314.10	315.80	313.40	269.50
ave.	339.31	303.44	298.21	313.84	291.98	308.35	325.40	309.08	303.75	286.38
標準偏差	21.59	20.40	21.59	27.53	25.10	22.23	19.82	19.33	19.82	18.42

kh	th	ph	h	k'	t'	p'	s'	ch'	ave.	標準偏差
297.20	282.90	275.90	309.80	282.80	234.20	258.60	280.40	235.90	291.56	29.88
307.80	324.00	263.70	313.70	288.90	289.70	288.90	294.00	239.10	302.69	25.57
256.70	275.30	245.70	287.60	274.60	272.60	250.30	249.60	236.70	271.65	32.22
292.30	295.70	280.30	307.20	275.60	291.30	295.80	285.20	282.30	301.12	36.21
287.80	298.10	324.60	317.80	290.90	309.80	293.30	304.70	255.10	310.16	28.39
313.00	310.60	262.40	327.40	303.50	300.70	303.20	282.70	294.30	310.24	27.69
305.10	277.40	238.10	310.00	302.20	293.40	306.20	292.70	267.90	298.23	26.69
260.90	273.40	257.40	328.50	291.40	264.60	311.50	280.40	261.50	291.37	28.49
290.10	292.18	268.51	312.75	288.74	282.04	288.48	283.71	259.23	297.13	
24.32	21.55	23.32	17.76	18.02	38.75	22.42	25.33	44.73		29.53

グラフ10 日本語の短母音の持続時間

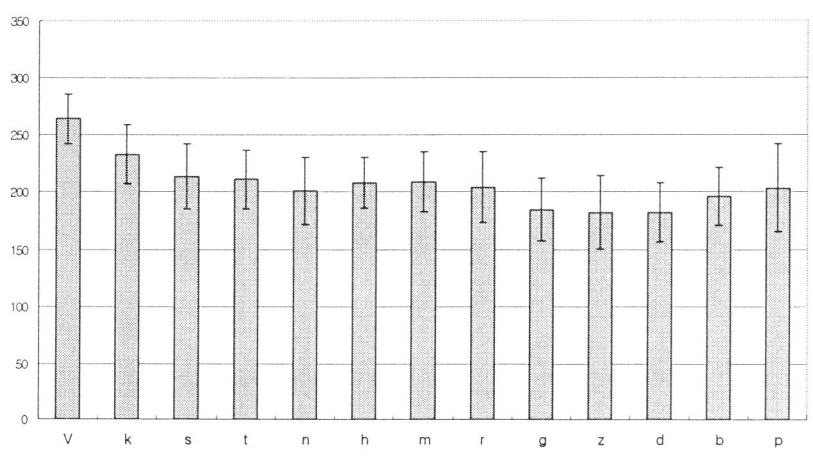

グラフ11 韓国語の短母音の持続時間

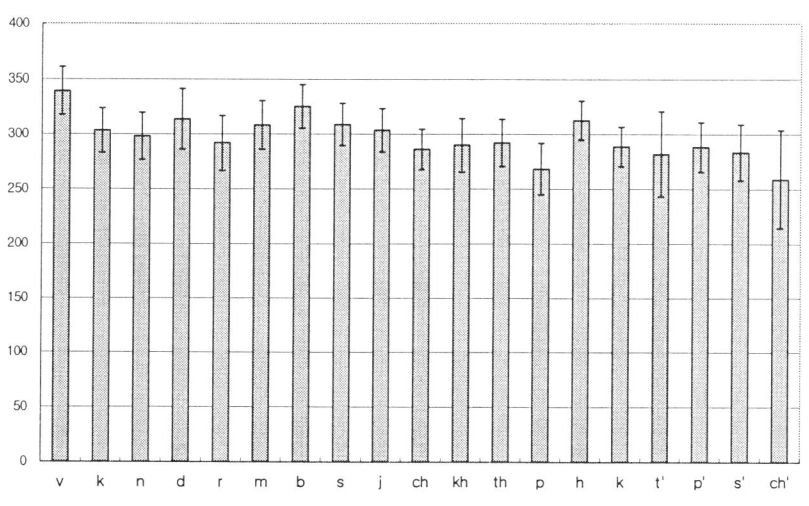

(注: 単位はms、グラフ上のマークは標準偏差)

　表24を見ると、日本語の/CV/の母音の持続時間は、前に/d(182.48ms)、z(182.50ms)、g(184.88ms)、b(196.24ms)/の有声破裂音(濁音)が来た場合に短くなっていた。これに対して韓国語の/CV/の母音の持続時間が短かったのは、/'ch(259.23ms)、ph(268.51ms)、't(282.04ms)、's(283.71ms)、ch(286.38ms)、'p(288.48ms)、'k(288.74ms)/で、いずれも硬音と激音であった。また、日本語では持続時間が短かった/d、z、g、b/に相当する韓国語の平音/d(313.84ms)、ʤ(303.75ms)、g(303.44ms)、b(325.40ms)/は、語頭では無声音となるためか、むしろ母音の持続時間が長くなっていた。

　日本語の無声音と有声音、および韓国語の平音と激音と硬音の母音の持続時間を比べるために、次のようなグラフにしてみた。

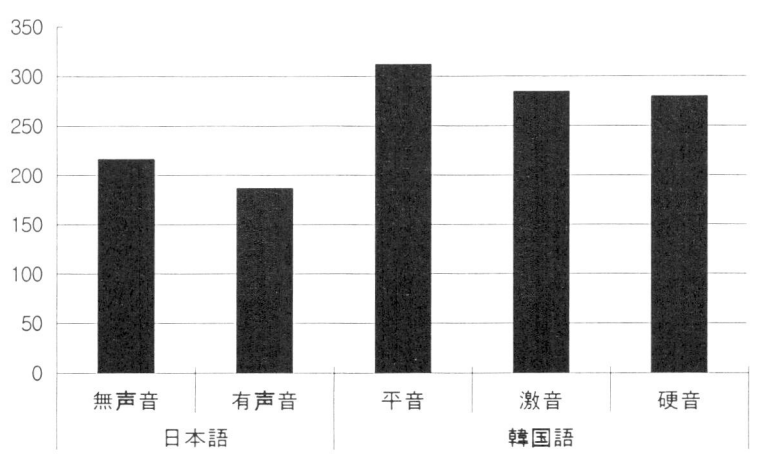

グラフ12
日本語の無・有声音と韓国語の平・激・硬音の母音の持続時間

　グラフを見てもわかるように、日本語では無声音のほうが有声音よりも母音の持続時間が長く、韓国語では平音が激音・硬音より母音の持続時間が長くなっている。したがって、日本語の有声音を韓国語の平音で発音した場合、短音が長音化して聞こえる可能性が最も高いということになる。

　以上、日本語と韓国語の短音の母音の持続時間を測定した結果、次のことが明らかになった。

（1）日本語の短母音の持続時間は207.28ms(ms.)、韓国語の短母音の持続時間はそれよりずっと長く、297.65msであった。母音のみの場合でも日本語は264.24msで、韓国語の母音の持続時間339.31msより短くなっている。また、子音に続く母音の持続時間を見ると、日本語の場合は平均202.54msで、韓国語の場合の294.54msに比べるとずっと短くなっている。

（2）日本語の母音のなかで、持続時間が最も長かったのは/a/(230.23ms)で、最も短かったのは/o/(187.86ms)であった。日本語の/o/は韓国語の/o/と/ɔ/の中間音であるが、韓国語の/o/(271.65ms)はやや短かく、/ɔ/(302.69ms)はそれほど短くなかった。

（3）表24を見ると、日本語の/CV/の母音の持続時間は、前に/d(182.48ms)、z(182.50ms)、g(184.88ms)、b(196.24ms)/の有声破裂音(濁音)が来た場合に短くなっていた。これに対して韓国語の/CV/の母音の持続時間が短かったのは、/ʼch(259.23ms)、ph(268.51ms)、ʼt(282.04ms)、ʼs(283.71ms)、ch(286.38ms)、ʼp(288.48ms)、ʼk(288.74ms)/で、いずれも硬

音と激音であった。また、日本語では持続時間が短かった/
d、z、g、b/に相当する韓国語の/d(313.84ms)、dʒ(303.75m
s)、g(303.44ms)、b(325.40ms)/は、語頭では無声音となるた
めか、むしろ母音の持続時間が長くなっていた。

(4) 男女別に見ると、日本語では男性(212.65ms)が女性(202.
25ms)よりやや長く、韓国語では女性(307.90ms)が男性
(287.35ms)よりやや長くなっていたが、あまり大きな差はない
と言えよう。

(5) 音声波形とスペクトログラム、フォルマント軌跡を見ると、日
本語の場合、子音から母音に移る部分にカーソルを合わせて
音声を再生すると子音と母音が同時に聞こえた。これに対し
て、韓国語は子音と母音の部分が比較的はっきり分かれてい
た。日本語は子音から母音に移る過渡的部分があり、子音と
母音がそれぞれ主張することなく、融合しているが、韓国語で
は子音と母音がそれぞれ隣り合って結合している[5]ためだと言
えよう。また、子音別に見ると、日本語では無声子音よりも
有声子音の方が母音までの過渡的部分が長くなっており、そ
れだけ母音の持続時間が短くなっていた。

(4) 日本語と韓国語の短・長母音の持続時間の比較

(3)の結果から、日本語の短母音は母音のみの場合が最も長く、次

---

5) 梅田博之(1983)「韓国語の音声学的研究－日本語との対照を中心にして－」
　蛍雪出版社 p.175

に無声子音の後に来る場合となっており、有声子音の後に続く場合には短く発音される傾向があることがわかった。そこで、この調査では、△母音のみの場合、△無声子音の後に続く場合、△有声子音の後に続く場合の三つの場合に分けて調査することにした。ただし、韓国語の場合、長音は第一音にしか現れず、しかも激音・硬音は長音とならないため、無声子音とは平音および/s/であり、有声音とは/n,m,r/ということになるが、/r/が語頭に来るのは外来語だけであるので、ここでは/n,m/のみである。

　日本語の短母音・長母音のミニマル・ペアの持続時間をそれぞれ測定し、その結果を次のように表にした。

表27　日本語の短音・長音の持続時間(単位: ms)

前接要素 母音	V		無声子音		有声子音		ave.	
	ave.	標準偏差	ave.	標準偏差	ave.	標準偏差	ave.	標準偏差
a	105.10	5.49	105.00	10.74	108.90	8.94	106.33	8.56
i	115.90	7.19	100.60	7.09	102.90	13.19	106.47	11.52
u	109.60	9.40	99.80	8.82	97.00	8.31	102.13	10.16
e	100.70	11.78	98.20	6.53	97.80	11.38	98.90	9.92
o	116.00	11.53	110.60	9.92	113.00	7.73	113.20	9.77
ave.	109.46	10.86	102.84	9.55	103.92	11.56	105.41	11.01

前接要素 母音	V		無声子音		有声子音		ave.	
	ave.	標準偏差	ave.	標準偏差	ave.	標準偏差	ave.	標準偏差
aː	277.10	21.34	262.20	21.29	262.40	23.36	267.23	22.56
iː	330.80	27.66	270.70	22.55	252.40	16.93	284.63	40.55
uː	313.50	24.80	264.60	18.86	242.20	13.58	273.43	35.71
eː	258.10	30.14	228.30	15.70	242.70	15.93	243.03	24.30
oː	284.40	18.66	300.40	32.25	273.80	24.98	286.20	27.35
ave.	292.78	35.50	265.24	31.89	254.70	22.39	270.91	34.25

表28 国語の短・長母音の持続時間(単位:ms)

前接要素 母音	v		平音,/s/		/n,m/		ave.	
	ave.	標準偏差	ave.	標準偏差	ave.	標準偏差	ave.	標準偏差
a	134.20	18.46	144.80	11.95	113.90	33.75	130.97	25.46
ɔ	152.30	17.00	—	—	—	—	152.30	17.00
o	136.60	10.27	98.50	14.76	96.30	12.15	110.47	22.36
u	87.70	22.06	107.00	17.29	102.70	11.11	99.13	18.79
ɯ	—	—	92.70	16.19	—	—	92.70	16.19
i	186.60	20.54	85.50	12.31	119.20	16.53	130.43	45.72
e	126.70	9.33	118.70	16.59	112.20	11.76	119.20	13.85
ɛ	144.80	11.95	129.60	28.02	135.70	22.82	136.70	22.14
ave.	138.41	31.79	110.97	22.98	113.33	22.73	121.49	29.60

隣接要素 母音	v		平音,/s/		/n,m/		ave.	
	ave.	標準偏差	ave.	標準偏差	ave.	標準偏差	ave.	標準偏差
a:	218.40	19.09	208.70	19.51	211.00	28.55	212.70	22.40
ɔ:	231.10	33.18	—	—	—	—	231.10	33.18
o:	236.50	25.40	208.10	29.17	195.60	22.93	213.40	30.50
u:	176.90	17.87	138.80	37.58	193.30	21.77	169.67	27.04
ɯ:	—	—	195.50	37.12	—	—	195.50	37.12
i:	286.50	28.89	164.50	25.00	196.80	22.08	215.93	57.97
e:	188.50	30.54	209.40	26.95	250.20	26.09	216.03	37.49
ɛ:	238.40	26.62	210.70	19.02	206.00	13.65	218.37	24.52
ave.	225.19	42.11	190.81	31.84	208.82	29.51	209.09	36.92

　日本語の短音の持続時間の平均値は105.41ms.(ms.)、韓国語の短音の持続時間の平均値は121.49ms.で、韓国語のほうが日本語より長かった。また、日本語の長母音の平均持続時間は270.91ms.、韓国語の長母音の平均持続時間は209.09ms.で、日本語の長音のほうがずっと長くなっていた。

　標準偏差について見ると、短音では日本語の標準偏差は11.01で、母音の持続時間は比較的安定しているのに対して、韓国語の標準偏差は34.25で、持続時間が不安定であることを示している。

　韓国語と日本語の母音の持続時間を、母音のみの場合、無声子音に続く場合、有声子音に続く場合に分けて比較してみた。短音の場合は、次のグラフ13のようになる。

グラフ13 日本語と韓国語の短音の持続時間

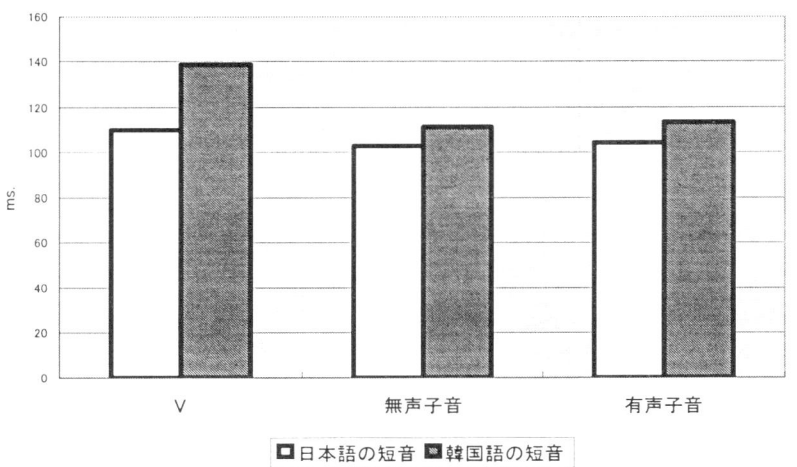

日本語の母音の持続時間は、母音のみの場合は109.46ms.で、無声子音の後に続く場合は102.84ms.、有声子音の後に続く場合は103.92ms.となり、ほぼ変わらなかった。これに対して、韓国語では、母音のみの場合は138.41ms.、無声子音の後に続く場合は110.97ms.、有声子音の後に続く場合は113.33ms.となり、母音のみの場合のほうがやや長くなっていた。

次に長音の持続時間についても、同様に比較してみた。これをグラフにしたものが次のグラフ14である。

グラフ14　日本語と韓国語の長音の持続時間

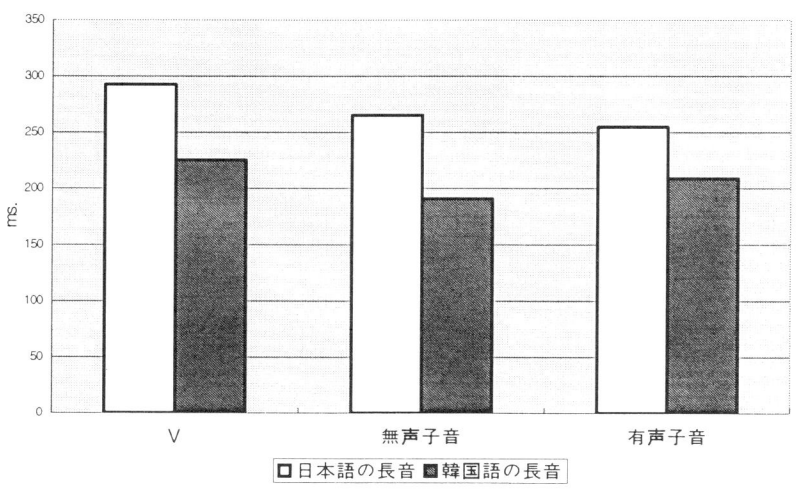

日本語の長音の持続時間は、母音のみの場合が292.78ms.、無声子音の後に続く場合が265.24ms.、有声子音の後に続く場合が254.70ms.と、短音の持続時間の2～2.5倍となっていた。これに対して、韓国語では、母音のみの場合が225.19ms.、無声子音の後に続く場合が190.81ms.、有声子音の後に続く場合が208.82ms.と日本語より短くなっていた。

さらに、標準偏差を入れて、日本語・韓国語の母音の持続時間を一つのグラフにすると、次のグラフ15のようになる。

グラフ15　日本語と韓国語の短音・長音の持続時間と標準偏差

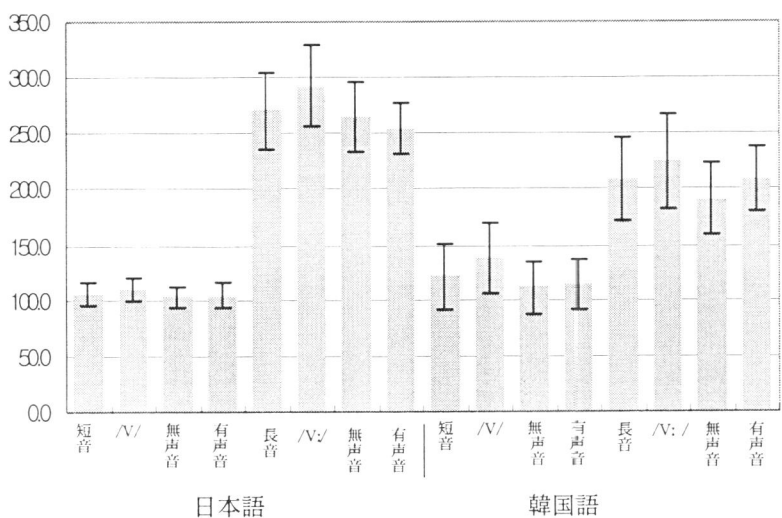

　韓国語の母音の持続時間は日本語よりやや長く、標準偏差の値が大きいことから、日本語の短音よりかなり長く発音される場合もあるということが言えよう。したがってこの場合、長音のように聞こえる可能性がある。また、韓国の長音は日本語の長音より短く、標準偏差を考えると、短く発音された場合には、短音に聞こえる可能性もある。母音の調査では日本語の無声音と有声音、および韓国語の平音と激音と硬音の母音の長さに、かなり違いが見られたが、短音と長音のミニマル・ペアの調査では、日本語の有声音と無声音にあまり違いが見られなかった。また、韓国語の激音と硬音は長音とならないため、ここでは調査の対象にしなかった。次に、母音別の持続時間について調べるために、調査結果をグラフにしてみた。

グラフ16 母音別に見た日本語の短・長母音の持続時間

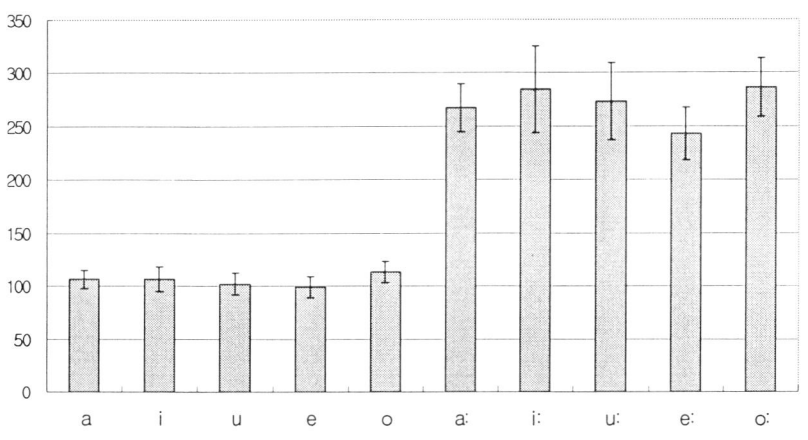

グラフ17 母音別に見た韓国語の短・長母音の持続時間

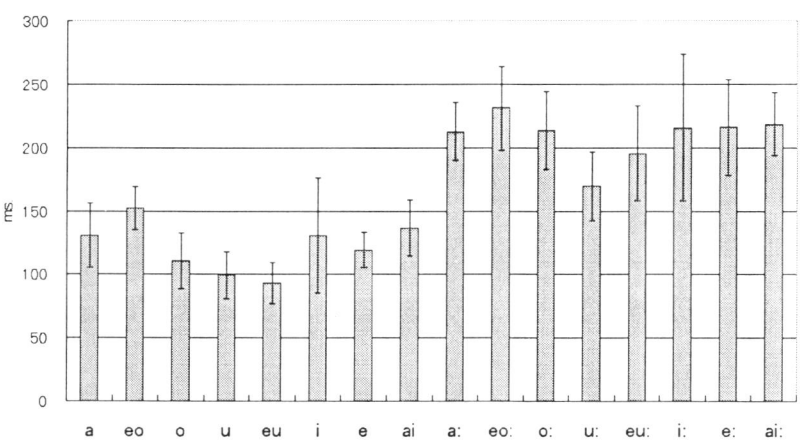

　日本語の場合、母音によって持続時間に差はなく、特に短音で
は、ほぼ同じ持続時間で発音されており、標準偏差の値も小さい。

　ところが、韓国語では短音・長音とも母音によって長さが大きく異なっており、特に〔u、ɯ〕の短音の持続時間に、それぞれ99.13ms.、92.70ms.と短く、韓国語の「ㅜ,ㅡ」の持続時間は、日本語の「う」の102.13ms.よりも短くなっていた。これ以外の母音では、いずれも韓国語のほうが日本語より持続時間が長くなっていた。韓国語の母音の中では、〔ɔ〕の持続時間が152.30ms.と最も長くなっているが、これは測定値が母音のみの場合だけだったために、特に長くなっているものと思われる。また、〔a、o、i、e、ɛ〕の持続時間も比較的長かった。

　長音について見ると、韓国語の長母音の持続時間は、いずれも日本語より短くなっていたが、特に、〔u、ɯ〕は長音でも、それぞれ169.67ms.、195.50ms.と、母音の中で最も短かった。

　このことから、韓国人学習者が日本語の短音を発音する場合、「ㅜ,ㅡ」以外では日本語よりも長く発音し、長音を発音する場合は、日本語よりも短く発音する傾向があるものと思われる。

　ところで、(3)で測定した母音の短音の持続時間に比べると、日本語も韓国語も母音の持続時間がかなり短くなっているが、これは単語での測定材料が、短音と長音をミニマル・ペアであったため、短音はより短く、長音はより長く発音されたものと見られる。

　日本語の短音と長音の境界がどこにあるのか調べるために、日本語の短音を少しずつ長さを変えて、5〜6回ずつ発音し、これを再生して、どの程度の持続時間から長母音に聞こえるかを実験してみた。

　その結果、単語によって異なるが、「出た」の場合は134ms.の長さで発音されたものも、長母音のように聞こえた。また、全体的には

160～170ms.ぐらいで、短母音か長母音かの区別がつかなくなった。

　同じように、韓国語の長母音について、長母音に聞こえるか短母音に聞こえるかを判断してみた。韓国語の長母音200例の発音のうち、持続時間が220ms.以下（日本語の長母音で最も持続時間が短かったのは213ms.で、220ms.以下の例は9例だった）だったのは113例で半分以上となっており、そのうち200ms.以下だった例が83例もあった。例えば、「사ː장」(179ms.)の場合、短母音にも長母音にも聞こえるというように、韓国語の長母音の半分以上が長母音としては短く、あいまいな発音になっていたと言えよう。

　以上のことから、韓国語の短音は日本語の短音よりも長いため、長音に聞こえる場合があり、韓国語の長音は日本語の長音よりも短いため、短音に聞こえることがあるということになり、韓国人学習者が日本語の発音において、長音の短音化および短音の長音化の誤用がこうした両国語の母音の持続時間にも起因していることが明らかになった。

3. 半母音

(1) 研究の対象と方法

　半母音の持続時間を調べるために、2004年8月20日に録音を行なった。録音には、VASCOM社のDM555マイクロホンを使用し、

SAMSUNG社のMAGIC STATION MT20 pcとに直接録音し、これを SUGI Speech Analyzerで分析して、持続時間を測定した。被験者は、東京出身の日本人男女2名とソウル出身の韓国人男女2名である。日本人の被験者は、30代の男性と20代の女性(ともに東京在住の会社員)。韓国人の被験者は、20代の男性(会社員)と40代の女性(会社員)である。

　被験者には、それぞれ5回ずつ発音してもらい、最高値と最低値を除いた三つの持続時間を測定値とした。

　韓国語には、日本語同様、過渡音である硬口蓋半母音/ j /と軟口蓋半母音/w/があり、韓国語の半母音/ j /は、/─ａ，ɔ，o，u，ɛ，e / に付いて、「ㅑ、ㅕ、ㅛ、ㅠ、ㅒ、ㅖ」となり、/w/は/─ａ，ɔ，i，ɛ，e/ に付いて、「ㅘ、ㅝ、ㅟ、ㅙ、ㅞ」となる。

　これに対して、日本語の半母音/ j /は、/─ａ，u，o/の前に、また/w/は、/ａ/の前にしか現れない。従って、日本語の半母音は「ヤ、ユ、ヨ」と「ワ」だけである。

　ここでは、韓国語人学習者の発音に見られる母語の干渉を調べることを目的としているため、日本語の「ヤ、ユ、ヨ、ワ」と、これが子音に後続して/─ j /となる拗音、また、それに該当する韓国語「야,유,요,와」とこれらが子音に後続する場合のみを対象とした。測定した半母音および拗音は次の通りである。

　日本語
　や　ゆ　よ　かや　おかゆ　こよみ
　きゃく　きやく　じゅう　じゆう　きょう　きよう

韓国語

야 유 요　치약 치유 기용

갸 규 교　갸릁 규칙 교칙

(2) 韓国人日本語学習者の誤用の傾向

　韓国人日本語学習者の半母音および拗音の誤用は、ミニマル・ペアーを用いた誤用調査Ⅰでは半母音と母音のミニマル・ペアで半母音の発音の語頭が49(回答数412)で誤用率が12％、拗音 ［‐j］ と子音＋半母音 ［j］ の語頭が223(回答数720)で誤用率が31％となっており、拗音の誤用がかなり高かった。また、スピーチによる誤用調査Ⅲでは、半母音の誤用が14例、拗音の誤用が62例見られた。

　半母音と拗音の誤用は、[ij‐,uw‐]のように2音節として発音されたものが多かった。また、/sj/では/j/が他の母音となって、/s/となっている誤用の例(例 しゅじゅつ → すずつ)も見られた。拗音の誤用では、／zj／が ［dz］と[dʒ]の中間音となっているものが41例もあった。スピーチによる誤用調査Ⅲで、半母音と拗音の誤用が比較的少なかったのは、スピーチに現れた半母音および拗音の数がそれほど多くなかったからだとも考えられる。

(3) [j]の持続時間

　半母音の母音のフォルマントを見ると、初めは[i]に近いF1・F2数

値を示すが、ゆっくりと下降し、母音[ɑ,u,o]それぞれの数値に安定する。このゆっくりと下降している部分が過渡部分で、[i]と母音とは融合しており、その境界がはっきりしていない。そこで、/j/・過渡部分・母音に分けて、それぞれの持続時間を測定した。

　半母音の持続時間を測定した結果を表にすると表29のようになる。また、これをグラフにしたものがグラフ18である。

表29　半母音の持続時間

	単音		単語	
	日本語	韓国語	日本語	韓国語
j	43.42	60.25	54.67	82.58
過渡部分	70.08	75.75	49.33	67.17
母音	154.25	149.92	95.67	122.83

グラフ18　半母音の持続時間

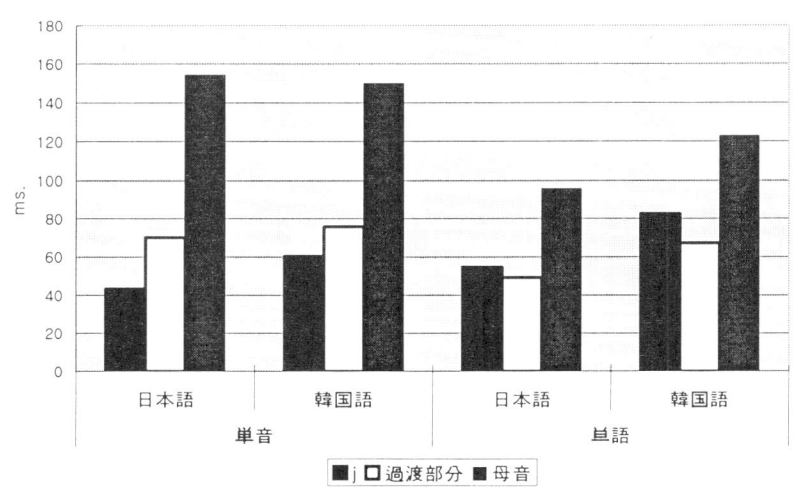

　単音では、韓国語のほうが/j/と過渡部分がやや長いが、日本語とそれほど大きな差はない。しかし、語中に来た場合は、韓国語の/j/と過渡部分が日本語よりずっと長くなっている。したがって韓国語では、半母音を発音する場合、日本語よりも[j]が長く発音されるため、半母音の前に母音[i]が挿入されたように聞こえる可能性がある。

(4) /-j/と/Vj/の持続時間

　半母音/j/と同様に、/-j/と/vj/(例　「きゃく・きやく」の母音・半母音)の持続時間も/j/・過渡部分・母音に分けて測定した。
　測定の結果を表とグラフにすると、次の表30とグラフ19のようになる。

表30　/-j/と/Vj/の持続時間

	/-j/		/Vj/	
	日本語	韓国語	日本語	韓国語
j	43.25	61.00	102.25	72.56
過渡部分	42.33	72.56	73.17	65.89
母音	92.50	185.78	105.17	89.67
合計	178.08	319.34	280.59	228.12

グラフ19 /-j/と/Vj/の持続時間

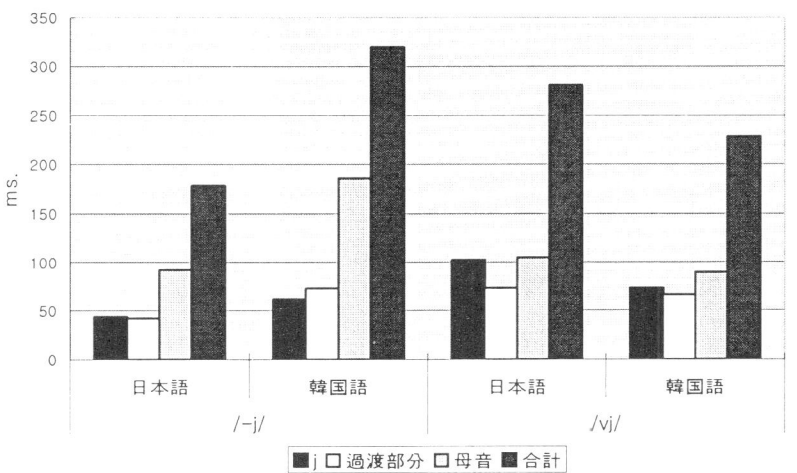

　/-j/では、韓国語のほうが/j/・過渡部分・母音の持続時間がいずれも日本語より長くなっているが、/Vj/では、日本語のほうが長くなっている。韓国語の/-j/の母音は185.78ms.と長く、/j/・過渡部分・母音を合計した持続時間も319.34ms.と、日本語の/Vj/の持続時間280.59msに近くなっている。また、韓国語の/-j/の母音が89.67msと短いのは、測定材料となった치약、기용が終声を伴っていたためである。

　以上の結果から、韓国人学習者が日本語の/-j/(例「きゃく」)と発音した場合、韓国語の/j/と過渡部分が日本語より長いため、[ij-]となって、/Vj/(例「きやく」)のように聞こえる可能性がある。また、/Vj/を発音した場合は、韓国語の/j/と過渡部分が日本語より短いため、/-j/に聞こえる可能性があるというように、/-j/と/Vj/のいずれ

の発音にも誤用が現れることになる。

4. 破裂音

(1) 研究の対象と方法

　日本語の破裂音に関する韓国人学習者の発音の誤用について、その原因を明らかにするために、破裂音の中の軟口蓋破裂音に関する日本語および韓国語の音響実験を行なった。

　音響実験はソウル大学言語学実験室で、2000年10月28日と12月28日の二回にわたって行ない、録音にはKAY社のCSL4300Bを使用、Mulch Speechで分析した。

　被験者はソウル出身の韓国人(女性)と東京出身の日本人(女性)で、日本語と韓国語の単語を、それぞれ五回ずつ発音してもらい、これを録音した。

　実験材料としては、韓国語の軟口蓋音「ㄱ,ㄲ,ㅋ」と日本語の軟口蓋音「か、が」を比較するために、これらの軟口蓋音を含む以下の13語、韓国語7語・日本語6語を選定した。

　日本語

　　かい　　　語頭の/k/-[kh]

がい　　　語頭の/g/–[g]

いか　　　語中の/k/–[k]

いが　　　語中の/g/–[g]

いが　　　語中の鼻濁音/g/–[ŋ]

いっか　　促音/Q/の後の/k/–[kʼ]

韓国語

가치　　　語頭の/k/–[k]

까치　　　語頭の/kʼ/–[kʼ]

카치　　　語頭の/kh/–[kh](nonsense word)

아가　　　語中の/k/–[g]

아까　　　語中の/kʼ/–[kʼ]

아카　　　語中の/kh/–[kh](nonsense word)

앙아　　　/ŋ/の後の母音(nonsense word)

　単語の選定にあたっては、日本語・韓国語ともに、おなじ環境の下で軟口蓋音が発音されるようにするために、語中の軟口蓋音の前には母音が来るようにした。日本語の「いっか」と韓国語の「앙가」は、それぞれ促音および「ㅇ」の終声(받침)の後に軟口蓋音が来ているが、「いっか」は「か」と「까」を比較するためであり、「앙아」の「ㅇ아」は鼻濁音の「が」と比較するための材料として選定したものである。また、語頭の軟口蓋音の後には、韓国語の場合は子音の「ㅊ」、日本語の場合は母音の「い」が来る語を選定したが、これは後に来る音が軟口蓋音の発音に影響を及ぼさず、また、できるだけ意味を持つ単

語を選んだ結果である。

　選定した13語のうち、韓国語の「아카」「앙아」「카치」の三語は
「nonsense　word」となってしまったが、この実験の目的が、韓国人
日本語学習者の日本語の発音の誤用を分析するためのものであるこ
とから、さほど問題ではないものと判断した。

(2) 韓国人学習者の誤用の傾向

　ミニマル・ペアによる誤用調査Ⅰの結果、破裂音の誤答数は1015
で、回答数が3684から算出した誤答率は27.6％で、これは誤用全体
の41％を占めていた。これを表にすると、次の表31のようになる。

表31 破裂音の誤用率(誤用調査Ⅰ)

誤用	誤答数	回答数	誤答率
語頭の無声音の有声音化	236	786	30.0
語頭の有声音の無声音化	314	786	39.9
語中の無声音の有声音化	264	1056	25.0
語中の有声音の無声音化	201	1056	19.0
合計	1015	3684	27.6

　誤用が予測されていた語頭の有声音と語中の無声音の誤用率は、
それぞれ39.9％、25.0％と高かったが、予測されていなかった語頭の
無声音と語中の有声音の場合も、それぞれ30.0％、19.0％と高く
なっていた。また、無声音の場合、誤答には含まれていないが、硬
音化・激音化の誤用もかなりあることが明らかになった。

　そこで、無声音の誤用について、さらに詳しく調べるために、単語レベルと文章レベルのミニマル・ペアによる誤用調査Ⅱを実施した。その結果、単語レベルと文章レベルでは、誤答率はほとんど変わらなかったが、誤用の傾向はかなり違っていた(表10、11およびグラフ1、2参照)。語頭の無声音の場合、文章レベル・単語レベルともに硬音化の誤用が最も多く、それぞれ全体の45・44％を占めた。次いで文章レベルでは有声音化が30％、激音化が25％と続いているのに対して、単語レベルでは激音化が32％、有声音化が24％であった。

　また語中の場合は、文章レベル・単語レベルともに有声音化が最も多く、それぞれ77・41％で、次いで硬音化がそれぞれ21・31％、激音化がそれぞれ14・25％となっていた。文章レベルでは有声音化の誤用が77％と目立って高くなっているのに対して、単語レベルでは有声音化の誤用が最も高かったものの、41％にとどまっており、硬音化・激音化の誤用の比率が文章レベルに比べて高くなっていた。これは語中の無声音が有声音化することを避けようとして、硬音または激音として発音したものと考えられよう。すなわち、学習者が語中の無声音を発音する場合、有声音化しやすく、これを矯正しようとして、硬音あるいは激音で発音するため、正しい発音とはならずに、異なる誤用のパターンに移行するという傾向があることを示している。

　さらに、スピーチによる誤用調査Ⅲで、最も誤用が多かったのは、語中の無声音で519例見られた。これに無声音が語頭にきた場合の誤用65例を合わせると、無声音の誤用は584例で、誤用全体の35.6％にも達した。また、これに語頭・語中の有声音の誤用88例を

加えると、有声音と無声音に関する誤用は合わせて672例となり、誤用全体の41.0％を占めていた。

　スピーチに現れた無声音の誤用には、有声音化・激音化・硬音化の三つの誤用が見られた。（表15およびグラフ3参照）

　語頭の無声音の場合、有声音化の誤用が最も多く、全体の70％を占めた。次いで激音化が17％、硬音化が11％となっていた。また、語中では、有声音化と硬音化の誤用が49％と48％で、激音化の誤用は2％に過ぎなかった。

（3）軟口蓋破裂音の音響分析実験の結果

① 測定の結果

　録音した音声を音声分析器にかけ、音声波形と広帯域スペクトログラムをとって、実験材料である単語(CV、VCV、VCCV)の子音/k//g//k′//kh/の閉鎖・VOT(Voice　Onset　Time、気音の持続時間)・母音のそれぞれの持続時間を測定した。測定の方法は、例えば閉鎖音の場合、音声波形と広帯域スペクトログラム上の閉鎖開始位置に赤いカーセルを置き、声帯振動の開始位置に青いカーセルを置くことによって、閉鎖持続時間を表示させた。位置は波形とスペクトログラムから判断したが、さらに、カーセルとカーセルの間の音声を再現して確認した。

　測定した結果を表とグラフにすると、次頁の表32とグラフ20、21

のようになる。

表32 軟口蓋破裂音の閉鎖・VOT・母音の持続時間

日本語の/k/			CLOSED	VOT	VOWEL	TOTAL
語頭の/k/	[kʰ]	かい	×	41	158	199
語中の/k/	[k]	いか	133	25	143	259
促音の後の/k/	[Qk]	いっか	340	37	161	538

日本語の/g/			CLOSED	VOT	VOWEL	TOTAL
語頭の/g/	[g]	がい	×	89	109	198
語中の/g/	[g]	いが	35	35	168	238
語中の/g/	[ŋ]	いが	0	65	176	241

韓国語の無声音			CLOSED	VOT	VOWEL	TOTAL
語頭の/k/	[k]	가치	×	54	122	176
語頭の/k'/	[k']	까치	×	27	108	135
語頭の/kh/	[kʰ]	카치	×	113	65	178
語中の/k'/	[k']	아까	198	23	189	410
語中の/kh/	[kʰ]	아카	140	106	133	379

韓国語の有声音			CLOSED	VOT	VOWEL	TOTAL
語中の/k/	[g]	아가	40	39	209	466
/ŋ/ ＋ 母音	[ŋ][a]	앙아	0	128	172	679

グラフ20 日本語の軟口蓋破裂音の閉鎖・VOT・母音の持続時間

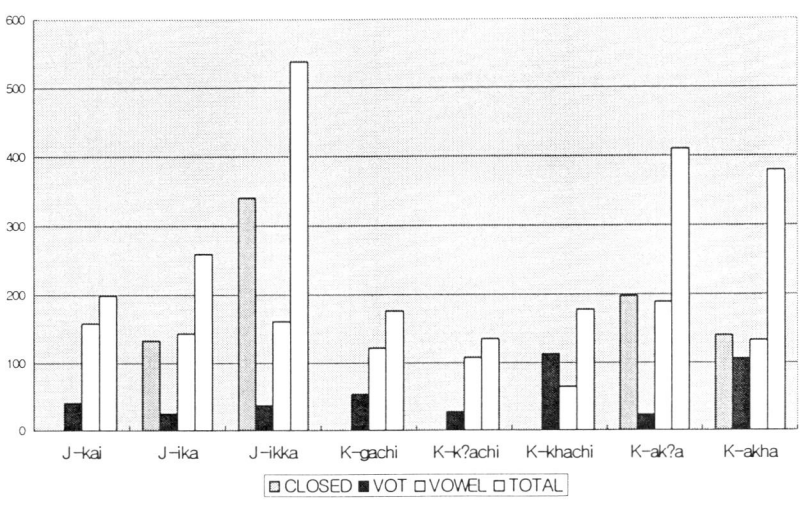

グラフ21 韓国語の軟口蓋破裂音の閉鎖・VOT・母音の持続時間

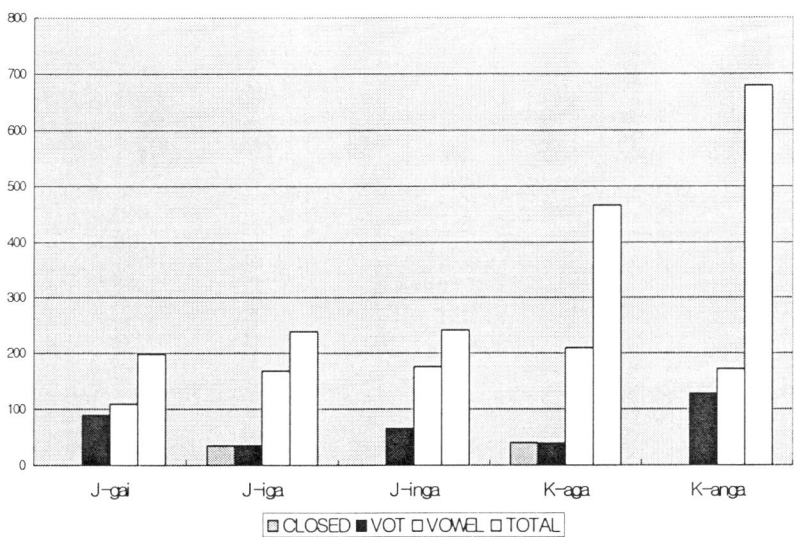

　閉鎖の持続時間が最も長かったのは、日本語の「いっか」で340ms、その次に韓国語の「아까」、「아카」で、それぞれ198ms、140msだった。

　軟口蓋破裂音が語頭に来ている「かい」「がい」「가치」「까치」「카치」は、閉鎖音の測定が不可能なため「×」とした。日本語の鼻濁音化した「いが」[iŋa]と韓国語の「앙아」[aŋa]の閉鎖持続時間が0となっているのは、いずれも破裂音ではないためである。

　また、無声音と有声音を比べると、無声音のほうが閉鎖持続時間が長くなっていることがわかる。

　「いっか」の閉鎖持続時間は、他の単語と比べると、ずっと長くなっているが、これは前の促音の部分と続いているためで、促音は次に来る音の口構えをしておいて、一拍の長さ息を上めて発音されるため、前にある促音「っ」一拍分の長さの閉鎖の後、「か」の閉鎖部分が続いているためである。

　VOTについてみると、最も長かったのは「카치」「아카」の「카」で、それぞれ113ms、106msであった。また、日本語では、「かい」の41msが最も長かった。

　有声音では、「がい」の[g]が89msと長くなっており、鼻濁音の「いが」と「앙아」の[ŋ]がそれぞれ65ms、128msと長かった。

　母音の持続時間は日本語の場合、最も短い「いか」が101ms、最も長いのが鼻濁音の「いが」で176msとなっていた。つまり、大きな差がなかったが、韓国語では、最も短いのが「카치」の65msで非常に短く、最も長いのは「아가」でその三倍以上にあたる209msであった。同様に合計の持続時間も日本語の場合は、「いっか」が538msで、他の

二倍ないし二倍以上の長さになっているが、これは二音節分の長さ
であるから、当然とも言えよう。これを除くと、198ms〜270msの間
で、その差は72msであった。韓国語の場合は、最も長いのは韓国語
の「앙아」で679msとなっており、これを除いても、135ms〜466msと
その差は331msにも達している。

　次に、日本語と韓国語の軟口蓋破裂音の閉鎖・VOT・母音の持
続時間をそれぞれ比較してみた。

② 語頭の無声音

グラフ22 語頭の無声音のVOT持続時間

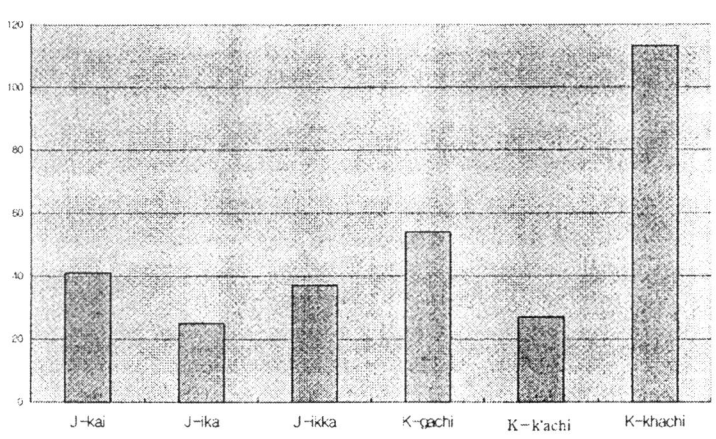

　　実験の対象となった語頭の無声音は、日本語の「かい」、韓国語
の「가이」「까이」「카이」の四つである。これらの単語は破裂音が語頭
に来ているため、閉鎖持続時間を測定することはできなかった。

　VOTの数値を見ると、語頭の「か」のVOTは41msであるのに対して、語頭の「가」は54msでやや長くなっていた。また語頭の「까」は13msでずっと短く、「카」は113msと三倍に近い長さとなっていた。語頭の/k/は、日本語・韓国語ともに[k]と発音されるため、比較的誤りが少ないと思われていたが、調査してみると、かなり間違いや不自然な場合が見られた[6]。その理由として、当初は日本語の語頭の/k/を発音する際に、韓国語の/k/で発音すると、韓国語の/k/が無気音であるため、有声音の/g/に聞こえ、/kh/で発音すると気音が強すぎて不自然に聞こえるのではないかと考えていた。

　しかし、実際には実験材料の語頭の「ㄱ」のVOTは日本語よりも長くなっていた。ただし、音声波形やスペクトログラムには現れないが、韓国語の「ㄱ」は弛緩音で、日本語の/k/や韓国語の「ㄲ」「ㅋ」のような緊張が見られないため、同じ弛緩音である有声音に聞こえる場合があるようだ。また、日本語の「か」と韓国語の「ㄲ」のVOTは、大きな差がなかったが、それは発音が似ているということを意味するのではなく、語頭に来ているために測定不可能だった閉鎖の持続時間において、大きな差があるものと予想される。また、「ㅋ」/kh/は強い有気音であり、VOTの数値にもはっきり現れているように、日本語の/k/とは大きな違いが見られた。

③　語頭の有声音

　語頭に[g]が現れるのは日本語だけで、韓国語では/g/は音素として

---

6) 誤用調査Ⅱの結果、語頭の無声音の誤用率は15パーセント程度だったが、意味の弁別はできるもののやや曖昧な発音は誤用に含めなかった。

はたてられず、/k/が語中に来た場合の異音として[g]が現れる。した
がって、今回の実験の対象となった語頭の/g/は「がい」だけである。

　語頭の有声音のVOTは89ms.であった。語頭の有声音では、声帯
振動の前にprevoicebarが現れた。

　日本語の語頭の無声音と有声音、韓国語の語頭の平音の音声波
形・広帯域スペクトログラム・フォルマント軌跡を表示したのが、
次頁の図5と6である。図を観察してみると、日本語の語頭の無声音
では声帯振動の前に気音が現れているのに対して、語頭の有声音の
場合にはprevoicebarが現れている。また、韓国語の語頭の平音には
prevoicebarが現れていないし、鼻音の特徴も示していないことか
ら、語頭の平音は無声音であることがわかる。ただし、日本語の語頭
の無声音と比べると、VOTが短く、破裂部分に緊張も見られない。

図5　日本語の「かい」と「がい」の音声波形

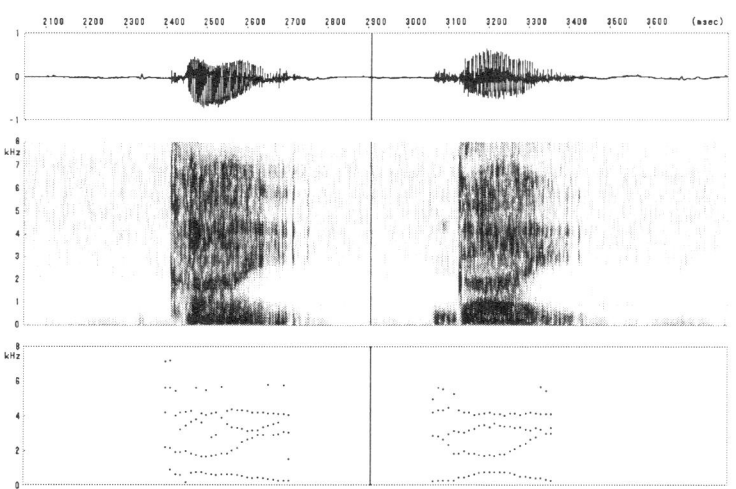

図6 韓国語の「가치」の音声波形

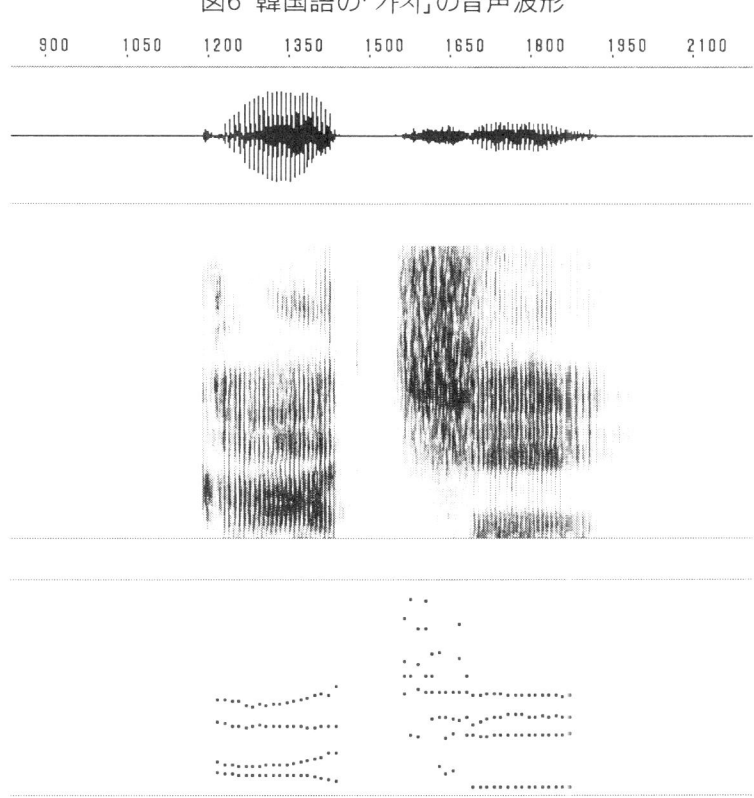

④ 語中の無声音

　実験の対象となった語中の無声音は日本語の「いか」と「いっか」、それに韓国語の「아까」「아가」である。次のグラフ23は、実験の結果を閉鎖・VOT・母音・TOTALの持続時間にわけてグラフにしたものである。

グラフ23 語中の無声音の閉鎖・VOT・母音の持続時間

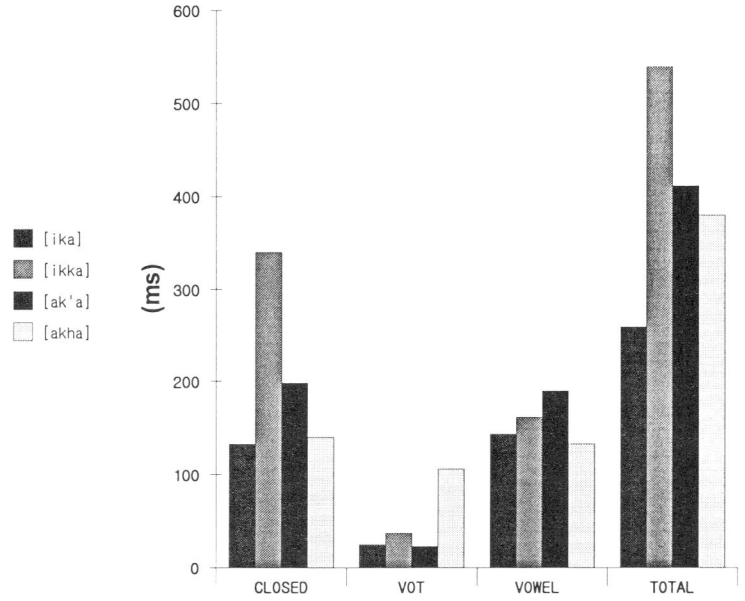

韓国語の/k/は語中に来ると有声音として発音されることから、韓国語で語中に現れる無声音は/k′//kh/だけである。そのため、韓国人学習者が語中で無声音を発音する場合、「ㄲ」「ㅋ」と発音する場合が多々見られる。しかし、閉鎖の持続時間を見ると、「ㄲ」の閉鎖は198msで、「か」の133ms、「ㅋ」の140msよりずっと長く、VOTは「ㅋ」が104msと、「か」の25ms、「ㄲ」の23msよりずっと長くなっている。

　また、語中の「か」を「ㄲ」と発音すると、「いっか」に聞こえること

があるが、「いっか」は三音節語であるため、閉鎖の持続時間は二音節語の「いか」の三倍近い340msとなっており、「ㄲ」の閉鎖よりもずっと長い。したがって、「いっか」を発音する場合に、「이까」と発音することも、正しい発音にならないということになる。

⑤　語中の有声音

　実験の対象は、日本語の「いが」「いが(鼻濁音)」と韓国語の「아가」「앙아」である。「いが」と「아가」の第二音節は[g]で、同じ発音になる。ところが、実際の発音では、韓国人学習者の有声音の発音はやや弱く、有声音なのか無声音なのかがはっきりしない場合がある。

　語中の有声音の閉鎖持続時間は、「が」は35msで、「가」は40msとあまり変わらなかったが、スペクトログラムを見ると、「が」の場合、閉鎖の部分にもやや有声的な波形が見られるのに対して、「가」のほうは、ほぼ無声に近い形になっている。日本語には、語中の/g/は鼻濁音化することがあるという特徴があるが、鼻濁音は誰にでも、またいつでも同じように現れるわけではないため、語中の「が」の測定値にもややバラツキが見られ、実験材料の中には、後の母音につながってしまっていて、数値の上では閉鎖の持続時間が0msに近いものもあった。つまり、やや鼻濁音化していると閉鎖の持続時間は0msに近くなるのである。また、韓国語の「가」の場合も、有声音の「いが」に近いものもあれば、無声音の「いか」と似ているものもあるというように、かなりバラツキが見られた。韓国語では、有声音と無声音の違いが意味の識別機能を果たしていないことはすでに述べた。

したがって、語中に来た/k/が有声音化する場合にも、はっきり有声
音化する場合と、ほぼ無声音のような弱い有声音となる場合がある
のではないかと思われる。次の図7は語中の「が」と「가」の音声波形で
ある。

図7　日本語の「いが」と韓国語の「아가」の音声波形

「いが」

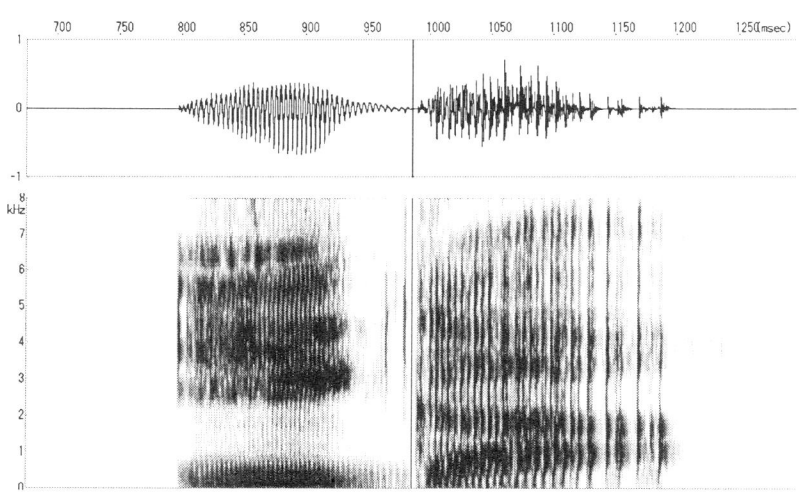

「아가」

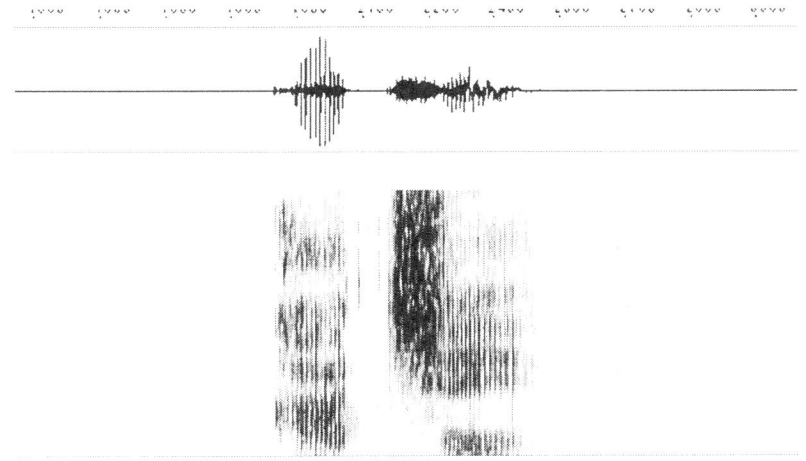

　図7を見ると、日本語の「いが」の「が」の声帯振動の前に
prevoicebarが現れており、声帯の振動が見られるが、韓国語の「아
가」の「가」にはなく、音声波形を見ただけでは、無声音の「いか」に非
常に似ている。

　同じ語中の有声音でも、鼻濁音化した「いが」の「が」は[ŋa]と発音
されるが、これは韓国語の「앙아」と非常に似た発音になる。実験の
結果を見ても、両者の音声波形は極めて似ていた。ただし、「앙아」
の[ŋ]の長さは128msで、「いが(鼻濁音)」の[ŋa]の65msの二倍の長さ
となっていた。

5. 摩擦音

(1) 研究の方法と対象

　韓日両国語の摩擦音/s//h/を比較するために、2004年8月20日に録音を行なった。録音には、VASCOM社のDM555マイクロホンを使用し、SAMSUNG社のMAGIC STATION MT20 pcとSony社のPCG-995Pノートブックに直接録音し、これをSUGI Speech Analyzerで分析して、持続時間を測定した。被験者は、東京出身の日本人男女2名とソウル出身の韓国人男女2名である。日本人の被験者は、30代の男性と20代の女性(ともに東京在住の会社員)。韓国人の被験者は、20代の男性(会社員)と40代の女性(会社員)である。被験者には、それぞれ5回ずつ発音してもらい、最高値と最低値を除いた三つの持続時間を測定値とした。

　測定した/s//h/は次の単音および単語である。

日本語
さ　し　す　せ　そ　　あさ　いし　いす　あせ　いそ
は　ひ　ふ　へ　ほ　　こうはい　こうひ　こうふ　しへい

韓国語
사　시　스　세　소　　가사　고시　가수　기세　수소
싸　씨　쓰　쎄　쏘7)
하　히　후　흐　헤　호　　기하　상세히　기후　지해　구호

（2）韓国人日本語学習者の誤用の傾向

/s/は、韓日両国語において、調音音声学的に見て、大きな違いがなく、誤用が予測されなかったため、誤用調査Ⅰでは特に調査しなかったが、誤用調査Ⅲの結果では、/s/の誤用が70例見られた。そのうち/si/の誤用が48例で、/si/を[ʃi]と発音せずに、[si]発音しているものが37例、/s/の摩擦音が弱くなっているものが11例であった。その他の/s/の誤用は22例で、いずれも/s/の摩擦音が弱くなっているものであった。

/h/の誤用は調査Ⅰでは語中の/h/が脱落するという誤用の誤答率が25％であった。また、調査Ⅲでは/h/の誤用が60列見られた。誤用調査Ⅲにおける/h/の誤用は、/h/の脱落だけでなく、/h/の摩擦音が弱くなっているものも含まれる。/h/の誤用の内訳は次の通りである。

表33 /h/の誤用の数(誤用調査Ⅲ)

	/ha/	/hi/	/hu/	/he/	/ho/
誤用数	10	25	14	1	10

最も多かったのは/hi/で25例、次いで/hu/で14例、/ha/と/ho/はそれぞれ10例、/he/は一例となっていた。

7）韓国語にないため、単音のみを持続時間を測定した。

（3）摩擦音の持続時間

　/s/と/h/の子音の持続時間を、語頭に来た場合と語中に来た場合に分けて、それぞれ測定した。
　その結果を表とグラフにすると、次頁の表34、グラフ24のようになる。

表34　/s/の持続時間

	日本語/s/	韓国語/s/	韓国語/ss/	日本語/-s/	韓国語/-s/
持続時間(ms)	184.1	103.4	147.2	181.6	114.7

グラフ24　/s/の持続時間

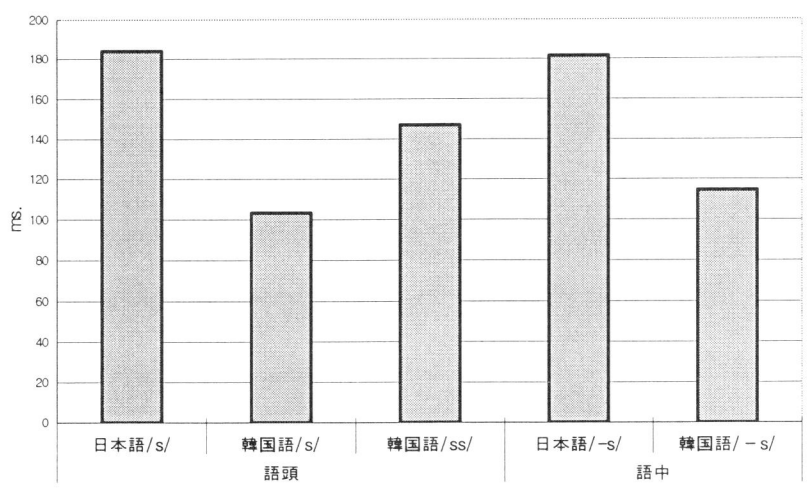

　韓国語の/s/の持続時間は103.4msで、日本語の/s/の1814.1msよりずっと短くなっている。韓国語の硬音の/ss/は147.2で平音より長いが、韓国語の硬音は緊張を伴う無気音であるため、これを日本語の/s/に代替させると、やや不自然となる。語中に来た場合では、日本語の持続時間はほとんど変わらなかったが、韓国語ではやや長くなっていた。

　次に、/h/の持続時間の測定結果について見てみよう。/s/の場合同様、/h/の持続時間も日本語のほうが韓国語より、長くなっている。/h/の測定結果は次頁の表35の通りである。

表35　/h/の持続時間

	日本語/h/	韓国語/h/	日本語/－h/	韓国語/－h/
持続時間(ms)	147.7	91.65	139.40	77.80

　日本語の/h/の持続時間は147.7msで、韓国語の91.65msよりずっと長かった。特に、軟口蓋化して[ç]となる/hi/や、両唇化して[ɸ]となる/hu/の持続時間はそれぞれ191.3ms、204.67msと非常に長くなっていた。また、語中に来た場合は、日本語の持続時間が139.40ms、韓国語の持続時間が77.80msだった。ただし、韓国語の場合、語中の/h/が部分的にあるいは全体的に母音として発音されている場合もかなり見られた。

　摩擦部分の持続時間は、日本語のほうが韓国語より長くなっていた。韓国人学習者が日本語の摩擦音を発音した場合、弱く聞こえる

ことがある。特に、語中ではそうした傾向が顕著となり、/h/の場合
は母音化して聞こえることもあるが、それは摩擦部分の持続時間の
長さと関係があるものと思われる。

6. 破擦音

(1) 研究の方法と対象

　日本語の破擦音は「ち、つ、ちゃ、ちゅ、ちょ、ざ、じ、ず、ぜ、
ぞ、じゃ、じゅ、じょ」である。つまり、無声音である[ts,tʃ]と、これ
に半母音が後続した場合、有声音の[dz,dʒ,z,ʒ]と、これに半母音が
後続した場合となる。これに対して韓国語の破擦音は子音「ㅈ,ㅉ,ㅊ」
で、平音の[tʃ,dʒ]と硬音の[tʃ',dʒ']、激音の〔tʃʰ,dʒʰ〕と、これに半
母音が後続した場合がある。したがって、韓国語には日本語の
[ts,dz,z]はないのである。
　そこで、韓国語にはない「つ、ざ、ず、ぜ、ぞ」と「ちゅ、じゃ、
じゅ、じぇ、じょ」と、これに該当する韓国語の破擦音「쓰, 자, 즈,
제, 조」を音声分析器にかけて調べてみた。
　破擦音を分析するために、2004年8月20日に録音を行なった。録
音には、VASCOM社のDM555マイクロホンを使用し、SAMSUNG
社のMAGIC　STATION　MT20型pcとSony社のPCG-995P型ノー

トブックに直接録音し、これをSUGI Speech Analyzerで分析して、持続時間を測定した。

　被験者は、東京出身の日本人男女2名とソウル出身の韓国人男女2名である。日本人の被験者は、30代の男性と20代の女性(ともに東京在住の会社員)。韓国人の被験者は、20代の男性(会社員)と40代の女性(会社員)である。被験者には、それぞれ5回ずつ発音してもらい、最高値と最低値を除いた3つの持続時間を測定値とした。

　測定した破擦音は次の単音および単語である8)。

日本語

　つ　ちゅ　　　　つうか　ちゅうか　いつう　いちゅう
　ざ　ず　ぜ　ぞ　　ざせつ　ずし　ぜいきん　ぞうきん
　　　　　　　　　　あざ　かず　かぜ　こうぞう
　じゃ　じゅ　じょ　じやせつ　じゅし　じぇっとき　じょうきん
　　　　　　　　　　にんじゃ　かじゅ　こうじょう

韓国語

쪼　츠

자　즈　제　조　　자유　즈음　제자　조사
　　　　　　　　　기자　고즈　자제　구조

쟈　쥬　죠

---

8)　日本語の語中の「ぜ」と韓国語の「쪼　츠　쟈　쥬　죠」は、単音のみ持続
　時間を測定した。

(2) 韓国人日本語学習者の誤用の傾向

　ミニマル・ベアによる誤用調査Ⅰの結果、「つ」の誤用は「ちゅ」とのミニマル・ペアーでは95％とという高い誤用率を示し、最も誤用率が高かった。しかし、「す」とのミニマル・ペアーでは17％にとどまった。また、「ちゅ」を「つ」と発音している誤用が15％あり、10～15％は「つ」と「ちゅ」のどちらも発音できなかったことになる。「す」を「つ」と発音している誤用は4％に過ぎなかった。

　また、誤用調査Ⅰで[dz]を[dʒ]と発音している誤用は65％の誤用率で、「つ」に次いで高かった。また、[dʒ]を[dz]と発音している誤用も24％あった。

　誤用調査Ⅲでは、「つ」の誤用が49例、/z/の誤用が35例とあまり多くなかったが、調査資料のスピーチに現れた「つ」は172、/z/は88例であったことから、誤用率を算出すると、それぞれ28.5％、39.8％とかなり高くなっている。しかし、誤用調査Ⅰに比べると、誤用率はかなり低くなっていた。誤用調査Ⅰは初級学習者を対象としていたのに対して、誤用調査Ⅲの対象者が上級学習者であったことや、誤用調査Ⅲでは「つ」/z/の発音に問題のない学習者もいたことを考えると、「つ」/z/の場合、学習によって、ある程度解決できるということが考えられよう。

(3) 破擦音の持続時間と母音のフォルマント

/ts,tʃj,z,zj/の持続時間を、子音部分と母音・半母音部分とに分けて測定してみた。その結果を表にすると次の表36のようになる。

表36 破擦音の持続時間

	J「つ」	J「ちゅ」	K「ㅈ」	K「ㅉ」	K「ㅊ」	K「쥬」
持続時間(ms)	106.0	93.33	75.5	77.6	125.0	70.0

	J /dz/	J /dʒ/	K/dʒ/	K/dʒj/
持続時間(ms)	72.92	79.5	66.31	61.83

日本語の「つ」の破擦音の持続時間は、韓国語の「ㅈ」「ㅉ」よりも長く、「ㅊ」よりも短い。また、日本語の「ちゅ」の破擦音は、韓国語の「쥬」よりも長い。日本語のしたがって、日本語の「つ」を韓国語の「ㅈ」「ㅉ」、「ちゅ」を韓国語の「쥬」として発音すると、破擦音が弱く感じられることが考えられる。

また、日本語の「ざ、ず、ぜ、ぞ」と「じゃ、じゅ、じょ」も、韓国語の「쟈,즈,제,조,쟈,쥬,죠」より、破擦音の持続時間が長いため、やはり破擦音が弱く発音される可能性がある。

ただし、韓国語の破擦音「ㅈ」は、語頭に来た場合は無声音として、語中に来た場合は有声音として発音されるので、日本語の「つ」を韓国語の「ㅈ」として発音することは無理がある。また、日本語の

「ざ、ず、ぜ、ぞ」と「じゃ、じゅ、じょ」を、韓国語の「자,즈,제,조,쟈,쥬,죠」として発音した場合、語頭で無声音化してしまう。

　次に、破擦音の母音のF1F2フォルマント周波数を母音が始まっている部分から20msごとに測定してみた。破擦音「ざ、じゃ」と「자,쟈」の測定結果を表にすると、次の表37のようになる。

表37　破擦音のフォルマント周波数

J「ざ」	F2	1906	1843	1781	1718	1671	1609	1625
	F1	437	546	593	765	781	859	890
J「じゃ」	F2	2375	2375	2156	2062	1828	1781	1656
	F1	390	421	563	687	812	875	908
K「자」	F2	1520	1468	1406	1375	1359	1359	1312
	F1	609	625	687	703	703	718	718
K「쟈」	F2	1750	1703	1671	1502	1468	1437	1421
	F1	468	546	578	653	703	718	734

　韓国語「자,쟈」には、日本語の「じゃ」に見られるような、半母音/j/から母音/ɑ/へと移行するフォルマント周波数のゆっくりとした変化の部分が見られない。次頁の図8と9は、日本語の「ざ、じゃ」と韓国語の「자,쟈」の音声波形・スペクトログラム・フォルマント軌跡を表示したものである。

図8 日本語の「ざ」と「じゃ」の音声波形

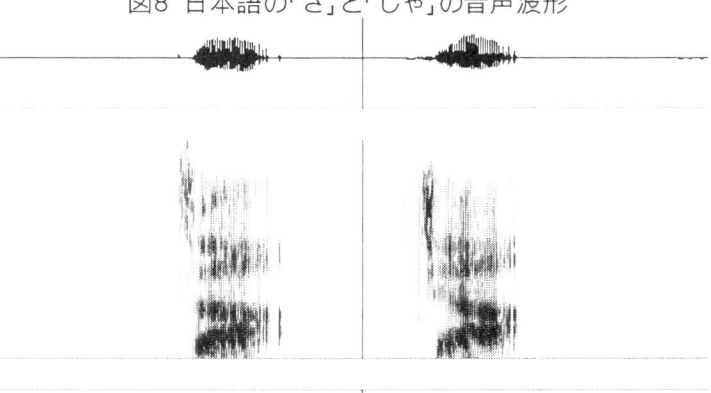

図9 韓国語の「자」と「쟈」の音声波形

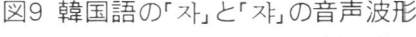

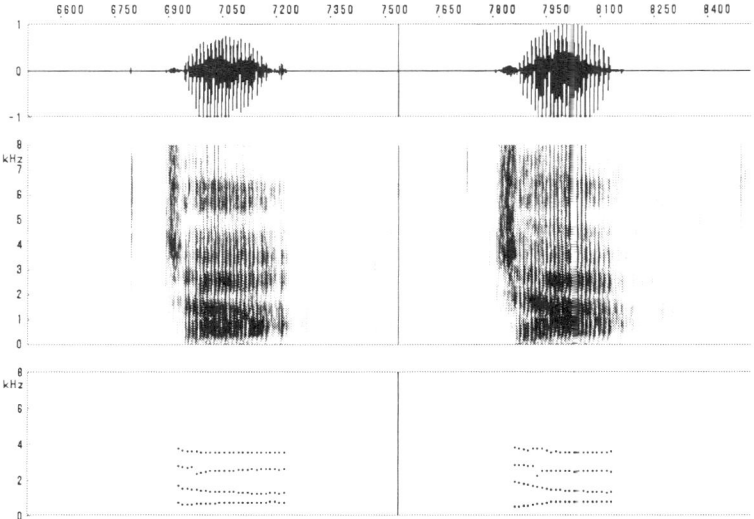

　図6を見た限りでは、日本語の「ざ」と「じゃ」も非常に似通っている。

　つまり、子音/dz/と/dʒ/の違いは、フォルマント周波数や子音の持続時間ではなく、舌の接触面と接触時間にあるものと思われる。

　パラトグラフ(EPG)を用いた動態口蓋図によると、日本語の「つ、ざ、ず、ぜ、ぞ」はもちろん、「ちゃ、ちゅ、ちょ、じゃ、じゅ、じょ」も、舌の第一、二列から接触が始まっているが、韓国語の「ㅈ,ㅉ,ㅊ」は第一列は全く接触しないことが報告されている[9]。

7. 撥音

(1) 研究の方法と対象

　日本語の撥音と韓国語の終声(받침)「ㄴ,ㅁ,ㅇ」の持続時間を測定し、比較することによって、撥音の誤用の原因について調べた。持続時間の測定のために、2004年8月8日に録音を行なった。録音には、VASCOM社のDM555マイクロホンを使用し、SAMSUNG社のMAGIC STATION MT20 pcに直接録音し、これを SUGI Speech Analyzerで分析して、持続時間を測定した。被験者は、東

---

9) 梅田博之(1983)「韓国語の音声学的研究」蛍雪出版社 p.161～162
　朴煕泰(1987)「韓日両国語音의 動態口蓋図에 의한 一考察」日本文化研究会 韓国外国語大学校 P.59

京出身の日本人男女2名とソウル出身の韓国人男女2名である。日本人の被験者は20代の男性(大学生)と30代の女性(会社員)、韓国人の被験者は20代の男性(会社員)と40代の女性(会社員)である。

　録音するにあたって、日本語の撥音と韓国語の終声「ㄴ,ㅁ,ㅇ」を含んだ単語および文章を選定した。日本語の撥音は、後続音に逆行同化することから、後続に歯音あるいは歯茎音の/t,d,ts,tʃ,dʒ,n,r/が来て[n]と発音される撥音を含む単語10語、後続に両唇音の/p,b,m/が来て[m]と発音される撥音を含む単語6語、後続に軟口蓋音の/k,g/が来て[ŋ]と発音される撥音を含む単語4語、後続に母音・半母音が来て鼻母音となる撥音を含む単語4語、末尾に来て口蓋垂鼻音の[ɴ]と発音される撥音を含む単語2語の、合わせて26語の単語を選定した。単語を選定する際に、撥音のアクセントが高いか低いかによって、持続時間に変化があるかどうかを見るために、撥音のアクセントが高くなっている単語と低くなっている単語をそれぞれ選んだ。

　韓国語の終声「ㄴ,ㅁ,ㅇ」は、後続に韓国語のそれぞれの子音が来る単語27語を選定した。

　また、これらの単語を含む文章を作り、文章レベルでの持続時間も測定した。持続時間を測定した単語と文章は次の通りである。

日本語
単語
/n/　　かんない　しんねん　かんさい　きんし　かんたい
　　　　かんとう　はんざい　はんじ　しんるい　けんり
/m/　　はんばい　かんぶ　さんま　しんみ　しんぱい　しんぴ

/ŋ/　　かんかく　かんき　けんがく　しんぎ

鼻母音 れんあい　けんえい　ほんや　しんよう

/N/　　がん　にほんじん

文章

本屋(ほんや)で恋愛(れんあい)ものの小説(しょうせつ)を買(か)った。

研究(けんきゅう)のために健康(けんこう)を害(がい)した。

関西空港(かんさいくうこう)は立(た)ち入(い)り禁止(きんし)となった。

関東地方(かんとうちほう)には反対派(はんたいは)が多(おお)い。

新年(しんねん)の挨拶(あいさつ)で本音(ほんね)が出(で)た。

人数(にんずう)を漢字(かんじ)で書(か)いた。

親類(しんるい)も権利(けんり)を主張(しゅちょう)した。

サンマを盗(ぬす)んだ犯人(はんにん)。

幹部(かんぶ)が親身(しんみ)になって心配(しんぱい)してくれた。

将来(しょうらい)の展望(てんぼう)が審議(しんぎ)された。

神秘(しんぴ)な神話(しんわ)を読(よ)んでました。

見学者(けんがくしゃ)は日本人(にほんじん)。

韓国語

単語

ㄴ　신문 신발 신기 신도 전념 전제 진리 권위 권유

ㅁ　감명 담보 심기 감독 침낭 심정 감리 감안 섬유

　○　생명 징벌 상구 정도 궁녀 응징 종료 강의 중요

文章

　공사를 감독하고 감리하는 것이 중요하다.
　신문에서 생명을 구한 기사를 보고 감명 받았다.
　진리탐구에 전념하는 것이 학문의 정도이다.
　심야에 침낭,담뇨,신발 등을 가지고 나갔다.

　以上の単語および文章に含まれた撥音と終声「ㄴ,ㅁ,ㅇ」の持続時間を測定するにあたって、被験者4人にそれぞれの単語および文章を5回ずつ読んでもらい、これを録音し、音響分析器で撥音の持続時間を測定した。また、持続時間の数値は、単語については最高値と最低値を除いた三つの持続時間を、文章については最初と最後に読んだ文章を除き、二回目と三回目と四回目に読んだ文章の中の撥音および終声「ㄴ,ㅁ,ㅇ」の持続時間を測定値とした。

（2）韓国人学習者の誤用の傾向

　韓国人学習者の誤用の傾向を調べるために、単語レベルの誤用調査Ⅰを行なった。この調査で使用した撥音のミニマル・ペアは次の三つの種類に分けられる。

ⅰ　撥音/n,m,ŋ,ɲ,ɴ/と撥音のない音
[n]　例　　カンダイ–カダイ　カンタイ–カタイ　シンテン–シテン

ハントー‒ハトー　　　　カンナイ‒カナイ　カンリ‒カリ

カンジ‒カジ

[m]　例　　ヒンメー‒ヒメー　フンマン‒フマン　シンブン‒シブン

[ŋ]　例　　カンキ‒カキ　　　カンゲキ‒カゲキ

[ɴ]　例　　コンヤ‒コヤ　　　シンアイ‒シアイ

ii　　撥音と撥音＋母音・半母音

例　　コンヤク‒コンニャク

iii　　撥音と撥音＋ガ行鼻濁音

例　　カギ‒カンイ

誤用調査Ⅰの結果を表にすると次の表38のようになる。

表38　撥音の誤答率

ミニマルペアー	発音回数	誤答数	誤答率(%)
撥音/n,m,ŋ,ɲ,ɴ/と撥音のない音	1600	44	2.75
撥音と撥音＋母音・半母音	406	178	43.84
撥音と撥音＋ガ行鼻濁音	200	115	57.50

　撥音と撥音のない音のミニマルペアーでは、撥音の誤答率は2.75％で意外に低かった。ただし、撥音と撥音の後続音が母音・半母音の場合は、誤用率が43.84％、撥音と撥音の後続音がガ行鼻濁音となる場合は57.50％と非常に高かった。

　この調査の結果では、撥音の誤用は特定の場合(後続音に母音・半母音・ガ行鼻濁音が来る場合)を除けば、あまり多くないというこ

とになる。しかし、自然な発話において撥音の長さが十分でないために、よく聞き取れなかったり、全体として文章のリズムが乱れてしまっている場合がよく見られ、撥音の発音は韓国人学習者にとって問題点の一つとなっていることはしばしば指摘されている事実である。

そこで、自然な発話における撥音の誤用の傾向を調べるために、スピーチによる誤用調査Ⅲを行なった。

スピーチから抽出された撥音の誤用は98例であった。調査したスピーチの音節数は17172音節で、文節数(助詞は単語とともに数え、助動詞は動詞とともに数えた)は3142文節であった。したがって、撥音の誤用の出現率は音節で見ると5.7％、文節で見ると31.2％となる。また、一行40字30行詰めの原稿用紙に書かれているとして単純計算すると、スピーチの分量は429行で、原稿用紙にして13.3枚となることから、誤用は4行に一つ、一枚の原稿用紙に7つの割合で現れたことになる。

これらの誤用は、撥音の長さが不十分なものと、後続音の影響を受けて不自然な発音になっている誤用の二通りに大きく分けられる。また、撥音はその環境によって、[n,m,ŋ,ɲ,ɴ,鼻母音]などの異音として発音される。したがって、それぞれの異音別に誤用の現れ方を調べてみた。

表39 異音別撥音の誤用の数(単位：例)

撥音の長さが短い						後続音の影響	
n	m	ŋ	ɲ	N	鼻母音	母音・半母音	r
41	3	19	5	7	11	12	1
85						13	
98							

　誤用のうち、撥音の長さが充分でないために、よく聞き取れなかったり、不自然に感じられるものが85例あった。また、誤用は特定の後続音の前でのみ現れているのではなく、すべての後続音の前で現れた。

　異音の誤用がなかったのは、異音の現れ方が違っている例がなかったというよりは、日本語ではそれぞれの異音はいずれも撥音と聞き取られるために、特に不自然に感じられなかったものと思われる。つまり、実際には韓国人学習者が撥音を発音する場合、[n]と発音している場合が多いようだが、他の異音で発音されるべきところを[n]と発音しても、日本人には撥音として聞こえるために、不自然にならないということになろう。

　また、撥音の後続音が母音・半母音の場合の誤用が23例あったが、そのうち13例は[n]と発音したために、韓国語の連音法則が働いて後続の母音・半母音と結合して/n/(ナ行音)となってしまったものと考えられる。そのほか、撥音を/r/と発音していた例が1例見られたが、これも撥音を[n]と発音したために、韓国語の流音化法則が働い

て撥音が/r/となってしまったものと考えられる。

　したがって、韓国人学習者が撥音を発音する場合の問題点は、撥音が短く発音されがちであるということと、後続に母音・半母音または/r/が来た時、韓国語の音韻法則が働いて、撥音の後続音が/n＋母音/と発音されてしまったり、撥音が/r/となったりする点であると言えよう。

（3）日本語の撥音と韓国語の終声「ㄴ,ㅁ,ㅇ」の持続時間

　① 測定の結果—単語

　日本語の撥音の平均持続時間は144.62ms.であった。これに対して、韓国語の終声「ㄴ,ㅁ,ㅇ」の平均持続時間は163.29ms.で、日本語の撥音より長くなっていた。

　日本語の撥音の持続時間の測定結果を表とグラフにすると次の表40のようになる。

表40　日本語の撥音の持続時間(単語)

n	m	ŋ	鼻母音	N	平均
155.45	149.03	141.05	132.39	113.67	144.62

(注；単位はms.)

　また、これをグラフにすると次頁のグラフ25のようになる。

グラフ25 日本語の撥音の持続時間

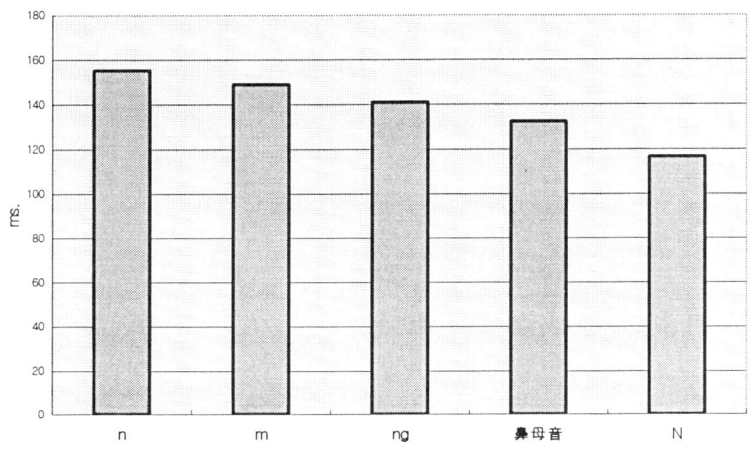

　日本語の撥音のうち、[n]の異音として発音される場合の持続時間
が155.45ms.で最も長かった。これは特に撥音の後に/n//ɲ/が来た場
合、撥音と後続音が続いてしまうために、持続時間が長くなったも
のと思われる。また、鼻母音の場合も、撥音が後続の母音または半
母音に近い音で発音されるため、撥音と後続音が続いて発音され、
撥音の後半部が母音・半母音の始まりのようになって、撥音自体の
持続時間が短く測定されたものと思われる。単語の最後に撥音が来
た場合の[N]は、撥音の中で最も持続時間が短かったが、[N]を測定
する時、音が消えた後もわずかな雑音のような振動が残っている場
合が多かった。したがって、音はなくても[N]を発音する時間は他の
音と同じぐらいの長さを要していたものと思われる。したがって、日
本語の場合、すべての異音がほぼ同じ長さで発音されていたと見る
ことができる。

　また、次の表41のように、日本語では撥音のアクセントが高く
なっている場合と低くなっている場合の持続時間の差はほとんど見
られなかった。

表41　アクセント別の撥音の持続時間

高	146.72
低	142.32

　次に韓国語の終声「ㄴ,ㅁ,ㅇ」の持続時間の測定結果を表とグラフ
にすると次の表42およびグラフ26のようになる。

表42　韓国語の終声「ㄴ,ㅁ,ㅇ」の持続時間(単語)

n	m	ŋ	/nmŋ/-V,y	終音	平均
185.45	192.74	184.79	91.78	132.83	163.29

(注；単位はms.)

グラフ26　韓国語の終声「ㄴ,ㅁ,ㅇ」の持続時間

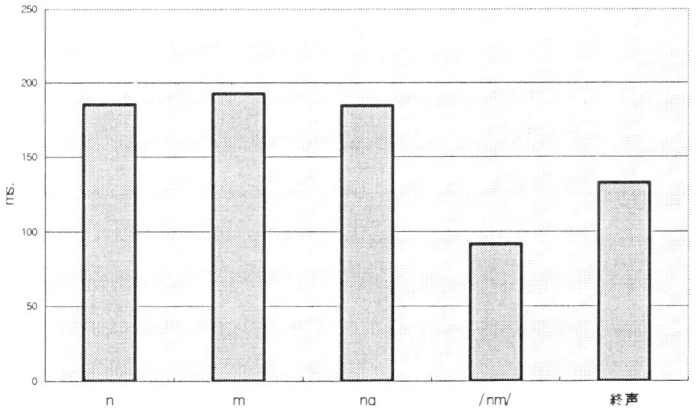

　韓国語の終声「ㄴ,ㅁ,ㅇ」の持続時間は、後に母音および半母音が
来た場合では91.78ms.と非常に短く、後に母音・半母音以外の音が
来た場合の持続時間の約二分の一の長さであった。また、語の最後
に来た場合も132.83ms.とやや短かった。それ以外では、[n][m][ŋ]
の持続時間はそれぞれ185.45ms.、192.74ms.、184.79ms.で、この三
つを平均すると187.66ms.となり、日本語の撥音のうち[n][m][ŋ]の
異音となる音の持続時間の平均が148.51ms.であったことと比べて、
韓国語のほうが長くなっていた。

　つまり、日本語も韓国語も後に母音・半母音が来た場合と語の最
後に来た場合に持続時間が短くなっており、それ以外の[n,m,ŋ]の持
続時間は韓国語のほうが長く、この場合、個々の持続時間は日本語
も韓国語もほぼ安定していたと言えよう。

②　測定の結果—文章

　次に、文章レベルでの持続時間について見てみることにする。異
音別に見た平均持続時間は次の表43、表44の通りである。

表43　日本語の撥音の持続時間(文章)

n	m	ŋ	鼻母音	N	ave.
131.39	137.56	129.04	133.39	127.17	132.32

表44 韓国語の終声「ㄴ,ㅁ,ㅇ」の持続時間(文章)

n	m	ŋ	/n,m,ŋ/＋v,y	終声	ave.
103.08	113.14	107.08	84.89	121.33	102.82

　日本語の撥音の持続時間の平均は132.32ms.で、単語レベルの平均持続時間144.62ms.と比べてそれほど大きな違いはなかったが、韓国語の終声「ㄴ,ㅁ,ㅇ」の持続時間の平均は102.82ms.で、単語レベルの平均持続時間163.29ms.よりずっと短くなっていた。日本語の撥音の中で、持続時間が最も長かったのは、[m]の異音で発音される場合で、最も短かったのは[N]であった。反対に、韓国語では最も長かったのは、語尾に来た時で、最も短かったのは後に母音・半母音が来た時であった。

　また、日本語の撥音は、同じ音声環境にある撥音を、同じ被験者が発音した時、持続時間はほぼ同じような数値を示したが、韓国語の場合は、その都度、持続時間が異なる場合があった。つまり、韓国語では同じ音声環境にあり、同じ人が発音しても、持続時間が長かったり、短かったりしていたということである。

　これをよく表しているのが、次頁の散布図で、図10は日本語の撥音の持続時間を、図11は韓国語の終声「ㄴ,ㅁ,ㅇ」の持続時間を表している。

図10 日本語の撥音の持続時間(文章)

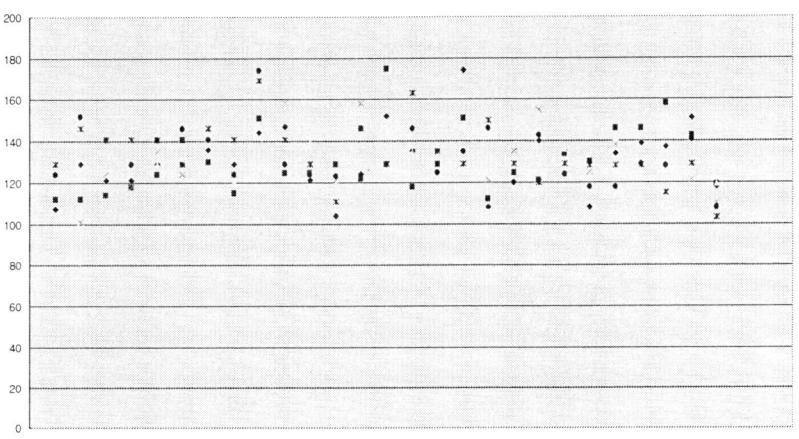

図11 韓国語の終声「ㄴ,ㅁ,ㅇ」の持続時間(文章)

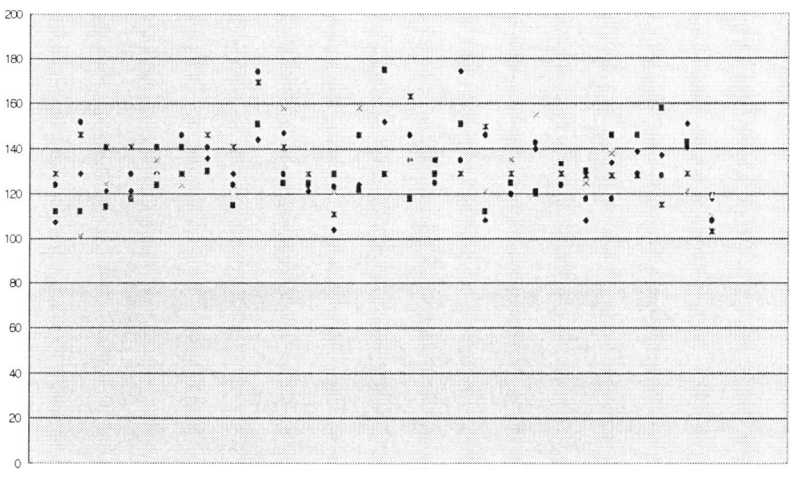

図8と図9を比較すると、日本語の撥音は100ms.から180ms.の間

に分布しており、特に平均値に近い120ms.から140ms.の間の数値が約50％を占めている。これに対して、韓国語の終声「ㄴ,ㅁ,ㅇ」は平均値に近い100ms.から120ms.の間の数値は20％に過ぎない。

　また、同じ単語を同じ被験者が発音した場合の最高値の持続時間と最低値の持続時間の差は、日本語の撥音の場合、平均5.16ms.で、10ms.以下が全体の34％を占めており、30ms.以上はなかった。一方、韓国語の終声「ㄴ,ㅁ,ㅇ」では、最高値と最低値の差異の平均は35.78ms.で、10ms.以下は8％、30ms.以上が50％を占めている。

　また、日本語の撥音では100ms.以下の撥音は見られなかったが、韓国語の終声では約50％となっていた。このように持続音が短くなっているものは、後続に母音・半母音が来た時の場合のように、連音法則の影響を受けた場合に限らず、/n,m,ŋ/のいずれにも見られており、あまり規則性が感じられなかった。

　/n,m,ŋ/の後に母音・半母音が来た場合、連音法則が作用して、終声は次に来る母音・半母音と連結して発音されていた。また、/n/の後に/r/が来た場合にも、/n/が/r/となる流音化法則が見られたが、この場合は持続時間は短くなっていなかった。

8. 促音

（1）研究の方法と対象

　日本語の非促音と促音、韓国語の硬音「ㄲ,ㄸ,ㅃ,ㅆ,ㅉ」および終声(받침)の「ㄱ,ㄷ,ㅅ,ㅈ,ㅌ,ㅍ,ㅊ,ㄲ,ㅆ,ㅉ」の持続時間を音響分析器を使用して測定し、比較対照することによって、誤用の原因を分析した。

　誤用調査は2002年12月6日に実施したスピーチの録音を調査の対象とした。スピーチの録音と再生にはSONY社のMDレコーダーMZ-R900とコンデンサーマイクロホンECM-TS120を使用した。調査の対象者は徳成女子大学4年生15名である。被験者のうち、9名が日本での短期・長期の語学研修を経験しており、また、全員が日本語能力試験1級に合格していることから、上級レベルの学習者であると言える。

　誤用の抽出は録音されたテープを再生して、誤用と思われる単語を抽出する方法をとった。誤用の判断は筆者自身が聞き取るという方法で行なったため、調査の結果が主観的なものになったことは否めないが、判定にあたっては細心の注意を払った。また、単語の意味は判別できても、発音がやや不自然であると思われるものもすべて誤用とした。

　また、日本語の促音と韓国語の硬音「ㄲ,ㄸ,ㅃ,ㅆ,ㅉ」および終声(받침)「ㄱ,ㄷ,ㅅ,ㅈ,ㅌ,ㅍ,ㅊ,ㄲ,ㅆ,ㅉ」の持続時間を測定するために、

2005年3月22日に測定材料となる音声を録音した。録音には
VASCOM社のDM555マイクロホンを使用し、SAMSUNG社の
MAGIC STATION MT20 pcに直接録音し、これを SUGI
Speech Analyzerで分析して持続時間を測定した。被験者は、東京
出身の日本人男女各2名とソウル出身の韓国人男女各2名で、被験
者の韓国人は日本語学習経験がない。また、韓国人学習者の日本語
音声は初級過程の学習者2名(女性)である。

　測定にあたって、被験者に単語および文章を5回ずつ読んでもら
い、これを録音し、音響分析器で持続時間を測定した。単語レベル
の調査では、最高値と最低値を除いた三つを測定値とし、文章レベ
ルの調査では、最初と最後に読んだ文章を除く三つの文章を調査対
象とした。

(2) 韓国人日本語学習者の誤用の傾向

　単語レベルのミニマル・ペアによる誤用調査 I の結果は次の通り
である。

表45 促音の誤用率(%)

後続音	k		t		p		s		合計	
	1回目	2回目	1回目	2回目	1回目	2回目	1回目	2回目	1回目	2回目
促音の非促音化	15	6	13	6	4	0	2	1	34(9)	13(4)
非促音の促音化	48	23	51	27	71	43	15	5	185(38)	98(16)

　この調査では、促音の非促音化、つまり促音が脱落している誤用は9％と低かったが、非促音の促音化、つまり促音が挿入されているように聞こえる誤用は38％と高く、特に後続に破裂音/k,t,p/が来る場合に促音化の誤用が多かった。

　スピーチによる誤用調査Ⅲの結果を見ると、スピーチから抽出された促音の非促音化の誤用は125例、非促音の促音化の誤用は290例であった。この二つを合わせると、促音に関する誤用は415例となる。これは、一行に0.96ヶ所、一枚の原稿用紙に31.20ヶ所の割合で、促音に関する誤用が現れたことになる。

　促音に関する誤用を後続音別に見ると、次の表46のようになる。

表46　促音の誤用数

後続音	k	t	p	s	ts,tʃ	合計
促音の非促音化	22	88	4	8	4	125
非促音の促音化	74	157	5	27	27	290

　促音の非促音化および非促音の促音化とも、/t/の誤用数が最も多く、続いて/k/、/s/、/ts,tʃ/の順となっており、/p/の誤用例が最も少なくなっている。ただし、スピーチに出現したそれぞれの後続音の音節の数は異なるため、誤用の数が多いと言っても、誤用率が高いということにはならない。ちなみに、ミニマル・ペアでの調査(表1)では、非促音の促音化の誤用は/p/が最も高くなっている。しかし、自然な発話でどれぐらい誤用が現れるかということを調べることも、発音教育という側面から重要なことであると思われる。

　非促音の促音化は、語中の無声音を硬音として発音したために、促音があるように聞こえてしまうという誤用である。語中の無声音の誤用の総数は519例であったことから、硬音化、すなわち促音化の誤用は、その約半分以上を占めていたことになる。硬音化の誤用がこのように多かった理由としては、この調査の対象が上級レベルの学習者であったことがあげられる。語中の無声音の誤用は、初級レベルでは有声音化の誤用が多く、上級レベルになるほど、硬音化の誤用が多くなるからである[10]。

　以上のことから、この調査によって、上級レベルの学習者にも非促音の促音化の誤用は非常に多く、また自然な会話では、促音の非促音化の誤用もかなり見られることがわかった。また促音の誤用は、どの後続音が来た場合にも、現れると言うことができよう。

(3) 閉鎖持続時間の測定

① 閉鎖持続時間の測定の方法

　日本語の促音は、後続に無声破裂音/k,t,p/と無声歯擦音/ts[11],tʃ/、それに摩擦音の/s/が来た場合に現れる。ここでは、これらの促音と促音を伴わない/k,t,p,tʃ,s/の閉鎖持続時間を測定した。対象とす

---

10) 酒井真弓(1993)「日本語の有声音と無声音に関する発音上の誤謬の傾向」晩光朴熙泰教授退任記念論集
11) ここでは、日本語の促音・非促音と韓国語の硬音・終声と比較することが目的であるため、後続に/ts/「つ」が来る促音と無声歯擦音「つ」は、該当する韓国語がないことから、調査しなかった。

る語は、促音と促音を伴わない無声破裂音および無声歯擦音、摩擦音が語中に来る語10語である。単語の選定にあたって、できるだけ、ミニマル・ペアになるようにしたが、語中の/p/は、促音を伴わない語が外来語しかないので、ミニマル・ペアにすることができなかった。

　促音に該当する韓国語としては、語中でも無声音として発音されるのは硬音と激音だが、閉鎖時間が長いという点から硬音と、および終声を含む21語を選定した。韓国語の単語が多くなった理由は、終声の場合、닫다のように、後続に同じ音素が来ると、硬音化現象によって、다따と同じ発音になることがあると思われるので、同じ音素が来た場合と닫고のように異なる音素が来た場合の両方について調べたからである。また硬音の「ㅆ」と終声の「ㅅ」の後続に「ㅅ」が来た時は、閉鎖ではなく、/s/の摩擦音として、発音されるので、日本語の/s/同様、別に取り扱った。ただし、「겠다」や「못단배」のように、異なる音素が来た場合は閉鎖音となるので、閉鎖持続時間を測定し、他の終声と同様に扱った。

　単語レベルのほかに、文章レベルでの持続時間も測定するために、促音と非促音を含む日本語の文章4つと硬音と終声を含む韓国語の文章19を作成した。測定の対象とした語および文章は次の通りである。

日本語
| 過去 | 音 | けし | 位置 | ハプニング |
| 括弧 | 夫 | 決死 | 一致 | 一風 |

今朝、一階の喫茶店に行って来た。

デパートでイカと柿を六個買った。

お茶を一杯飲んでお菓子を食べた。

アパートの人の意見が一軒のこらず一致した。

韓国語

아까　　그때　　오빠　　새싹　　이쯤

각기　　학당　　닫다　　닫고　　밥버리　　답－　　댓살　　돗단배

돗자리　　짖지마　　잦다　　좇다　　짙다　　싶다　　닦다　　했다

준호가 아까부터 기다렸다.　/　제발 그때까지 기다려라.

시내는 오빠 말을 잘 듣는다.　/　벌써 새싹이 돋았다.

이쯤하면 된다.　　/　모두들 각기 알아서 해라.

이화학당에 다녔다.　　/　문을 닫고 들어와라.　/　현관문을 닫다. 나

중에 답장을 부탁한다.　　/　삼촌은 밥벌이를 하러 나갔다.　댓살배기

아들이 있다.　/　돗던배를 타보고싶다.

집안에서는 짖지마.　/　화장실 가는 횟수가 잦다

열심히 창문을 닦다.　/　첨단 유행을 좇다.

파란 가을 하늘이 짙다.　/　야채를 많이 먹고 싶다.

　測定した持続時間は、日本語の場合、非促音と促音の閉鎖持続
時間である。促音の閉鎖持続時間は、厳密に言うと、促音と後続の
無声音の閉鎖持続時間ということになるが、ここでは促音の閉鎖持
続時間と表記することにする。また、/s/の場合は摩擦音なので、前

に促音が来た場合、他の後続音とは異なり、呼気を止めずに/s/の摩擦音を先に一拍分の長さで発音したあと、母音に移る。そのため、/s/については、閉鎖の持続時間ではなく、[s]の持続時間を測定した。そのため、[s]については、別に取り扱った。

　また、韓国語の場合、測定した持続時間は、硬音と終声の閉鎖持続時間である。終声の場合の閉鎖持続時間も、やはり厳密に言うと、終声の持続時間と後続する無声音(韓国語では語中の無声音は有声化するが、終声の後に来た無声音は有声化せず、緊張を伴った無気の無声音となり、硬音とほぼ同じように発音される)の閉鎖持続時間となるが、ここでは終声の閉鎖持続時間と表記することにする。

② 単語レベルの測定結果

単語レベルの測定結果は次の通りである。

表47　日本語の促音および非促音の閉鎖持続時間(単語レベル)

後続音	k	t	p	tʃ	**平均**	s
非促音(破裂音)	104.17	111.33	95.17	102.67	**103.39**	162.17
標準偏差	13.17	4.13	16.83	6.62	**10.18**	8.28
促音	264.43	298.14	305.00	281.75	**287.33**	286.43
標準偏差	28.22	32.52	24.96	22.63	**27.08**	42.30

(注；単位ms.)

表48 韓国語の硬音および終声の持続時間(単語レベル)

	ㄲ	ㄸ	ㅃ	ㅉ	**平均**	ㅆ
硬音	254.33	247.83	271.33	205.25	**245.33**	247.57
標準偏差	52.04	64.49	56.45	48.13	**52.17**	23.38

	ㄱ-ㄱ	ㄷ-ㄷ	ㅈ-ㅈ	ㅂ-ㅂ	ㄱ-ㄷ	ㄷ-ㄱ	ㅅ-ㅈ	ㅈ-ㄷ
終声	269.05	262.83	159.50	209.17	219.53	248.23	160.17	213.52
標準偏差	51.39	60.04	22.30	25.40	31.23	54.76	29.42	49.69

ㅂ-ㅈ	ㅊ	ㅌ	ㅍ	ㄲ	ㅆ	**平均**
235.51	245.83	278.83	255.56	293.81	261.14	**234.99**
31.64	43.82	41.09	59.30	51.39	38.76	**57.25**

	ㅅ-ㅅ
終声	255.67
標準偏差	55.62

(注；単位ms.)

　日本語の非促音の閉鎖持続時間の平均は、103.39ms.で、促音の閉鎖持続時間は295.94ms.であった。これに対して、韓国語の硬音の閉鎖持続時間の平均は245.33ms.で、終声の閉鎖持続時間の平均は234.99ms.であった。つまり、韓国語の硬音および終声の閉鎖持続時間は、日本語の非促音よりずっと長く、促音の閉鎖持続時間よりも短くなっていた。

　音素別に見ると、日本語では/k/の閉鎖持続時間が264.43ms.と、最も短かった。/k/の場合、韓国人学習者だけでなく、日本人にも、短い持続時間で促音と判断される傾向が見られると報告されており12)、したがって、発音でも他の後続音に比べて短くなることがあるものと見られる。これに対して、韓国語の/k/の閉鎖持続時間は、

硬音「아까」が254.33ms.、終声では「각기」が269.05ms.、「학당」が219.53ms.、「닦다」が293.81ms.と、かなり長くなっており、これを平均すると259.18ms.と、日本語の場合とほとんど変わらない。

　しかし、後続音が/t,p,tʃ/の場合には、日本語の促音と韓国語の硬音および終声の持続時間にかなり差が見られる。特に、韓国語の硬音「ㅈ」の「이쯤」は205.25ms.、終声の「짖지마」は159.50ms.、「ㅅ」だが、閉鎖の後に/tʃ/が続く「돗자리」が160.17ms.というように非常に短くなっている。「ㅂ」の場合は、硬音「오빠」の閉鎖持続時間は271.33ms.と比較的長く、終声「답장」も235.51ms.で、それほど短くなかったが、終声밥벌이は「186.32」ms.と短くなっていた。

　また、日本語の非促音[s]の持続時間は162.17ms.で、促音の[s]の持続時間は286.43ms.であったのに対して、韓国語の「ㅆ」と終音「ㅅ」＋後続音「ㅅ」の[s]の持続時間は、それぞれ247.57ms.と255.67ms.で、日本語の促音のほうが多少長くなっていた。また、韓国語の硬音「ㅆ」および終声「ㅅ」の後続音が「ㅅ」の場合、[s]の発音の前に閉鎖が見られることがあった。

　韓国語の終声では、平音より激音、硬音の持続時間が長くなっていた。しかし、これらが終声となる語は数が少なく、特に硬音が終声となるのは「ㄲ」しかない。また、終声の「ㅍ,ㄲ」では、閉鎖の中間に[p,k]が短く入っていることがあった。

　日本語の促音・非促音と韓国語の硬音・終声の平均持続時間をグラフにすると次のグラフ27のようになる。

---

12) 西郡二郎・黄竜夏・朴良順（2002）「韓国人学習者の日本語の促音の知覚に関する研究」日本語研究第22号　p.103-118

グラフ27 単語レベルの閉鎖持続時間(単位；ms.)

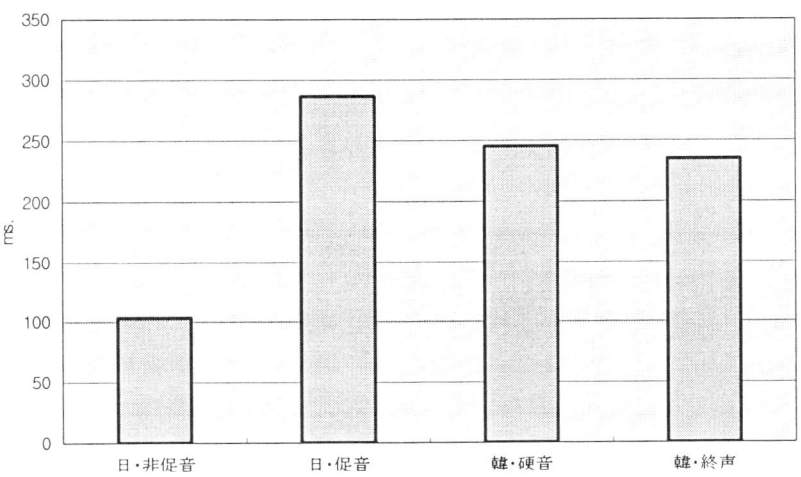

　このように、非促音を硬音で発音した場合、促音のように聞こえ
るものと思われる。また、韓国語の硬音・終声の羽鎖の平均持続時
間の標準偏差数の値が高いことから、反対に、促音を硬音や終声で
発音した場合でも、閉鎖持続時間が短ければ、非促音に聞こえるこ
とも考えられる。

③　文章レベルの測定結果

　次に文章レベルの測定結果を表にすると、次の表49、50のように
なる。

表49 日本語の非促音と促音の持続時間(文章レベル)

	k	t	p	tʃ	平均	s
無声音	85.33	86.59	98.14	87.00	**89.27**	97.00
標準偏差	12.94	11.57	6.72	9.9	**10.28**	16.39
促音	207.44	227.50	232.50	262.25	**232.42**	178.67
標準偏差	36.58	29.04	8.5	45.28	**29.85**	20.81

	k	t	p	tʃ	平均	s
無声音	85.33	86.59	98.14	87.00	**89.27**	97.00
促音	207.44	227.50	232.50	262.25	**232.42**	178.67

表50 韓国語の硬音の持続時間(文章レベル)

	ㄲ	ㄸ	ㅃ	ㅉ	平均	ㅆ
硬音	107.50	109.33	121.17	162.17	**125.04**	157.00
標準偏差	18.10	6.66	14.46	18.90	**40.13**	18.19

	ㄱ-ㄱ	ㄷ-ㄷ	ㅈ-ㅈ	ㅂ-ㅂ	ㄱ-ㄷ	ㄷ-ㄱ	ㅅ-ㅈ	ㅈ-ㄷ
終声	185.67	225.33	132.39	142.67	163.24	221.43	144.67	177.15
標準偏差	14.65	17.21	32.98	16.54	18.91	18.44	25.01	29.45

ㅂ-ㅈ	ㅊ	ㅌ	ㅍ	ㄲ	ㅆ	平均
181.21	220.50	225.17	169.67	219.67	205.50	**171.05**
30.57	48.38	36.03	25.87	17.43	42.81	**42.78**

	ㅅ-ㅅ
終声	146.17
標準偏差	15.35

(注；単位ms.)

　文章レベルでは、閉鎖の持続時間が全体的に単語レベルよりも短くなっていた。日本語の非促音は89.27ms.で、単語レベルより

14.2ms.短く、促音は232.42ms.で、単語レベルより63.52ms.短くなっていたのに対して、韓国語の硬音は125.04ms.で、単語レベルより120.29ms.も短く、終声は171.05ms.で、単語レベルよりも63.12ms.短くなっていた。特に、硬音の閉鎖持続時間は、非促音の閉鎖持続時間よりは長いが、促音の閉鎖持続時間のほぼ二分の一の長さとなっていた。終声の場合も、200ms.以上だったのは、「ㄷ,ㅊ,ㅌ,ㄲ,ㅆ」だけであった。

　音素別に見ると、日本語では単語レベル同様、/k/の閉鎖持続時間が207.44ms.と、最も短かった。また硬音では、単語レベルでは最も短かった「이쪽」が最も長く、162.17ms.となっていた。終声ではやはり単語レベル同様、「짖지마」「돗자리」「밥벌이」が132.39ms.144.67ms.142.67ms.と特に短くなっていた。

　/s/について見ると、日本語の非促音の[s]の持続時間は97.00ms.、促音の持続時間は178.67ms.であったのに対して、韓国語の硬音「새싹」は157.00ms.、終声「댓살」は146.17ms.と、日本語の促音よりやや短くなっていた。

　文章レベルの閉鎖持続時間の測定結果をグラフにすると、次のグラフ28のようになる。

グラフ28 文章レベルの閉鎖持続時間

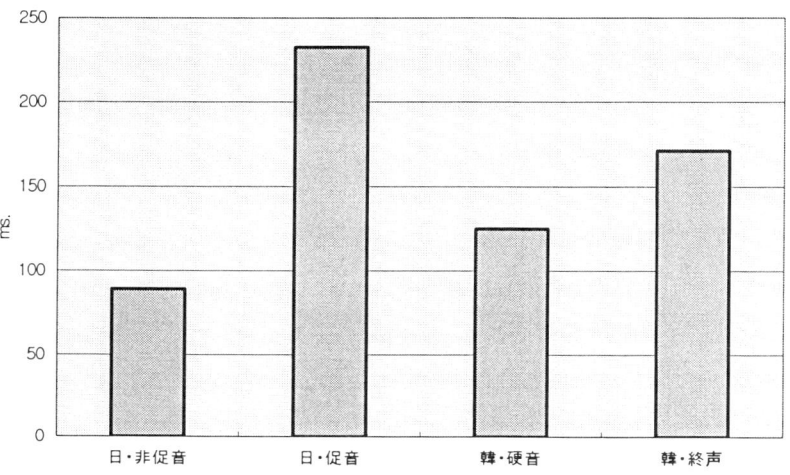

　グラフ28を見てもわかるように、韓国語の硬音は促音よりずっと
短く、終声は非促音と促音の中間程度の閉鎖持続時間となってい
る。また、硬音・終声のいずれも標準偏差の数値が高く、閉鎖時間
が長かったり、短かったりするために、場合によっては促音のように
も聞こえ、場合によっては非促音のように聞こえるものと思われる。
したがって、日本語の非促音を硬音で発音した場合、促音に後続し
ているように聞こえることがあり、促音を硬音や終声で発音した場
合は、促音が短く発音されて、促音が脱落しているように聞こえる
ことがあると言えよう。

(4) 韓国人学習者の発音の分析

　実際に、韓国人学習者が日本語の促音をどのように発音している
かを調べるために、調査に用いた日本語の文章を、韓国人学習者に
発音してもらい、促音・非促音の閉鎖持続時間を測定して、日本人
被験者の平均持続時間と比較してみた。

表51 「今朝、一階の喫茶店に行って来た」の
促音・非促音の閉鎖持続時間

	s	kk	ss	t	tt	k	t
Japanese	97	244	208	80	219	72	87
Korean-1	80	138	125	139	143	89	116
Korean-2	97	168	87	130	136	76	125

表52 「デパートでイカと柿を6個買った」の促音・非促音の持続時間

	p	t	k	k	k	kk	tt
Japanese	100	94	94	80	73	141	201
Korean-1	158	134	126	102	94	134	181
Korean-2	96	106	91	91	126	177	218

表53 「お茶を一杯飲んでお菓子を食べた」の
促音・非促音の持続時間

	tʃ	pp	k	t
Japanese	87	233	79	87
Korean-1	95	152	102	166
Korean-2	76	166	85	135

(注；単位ms.)

表54 「アパートの人の意見が一軒残らず一致した」の
促音・非促音の持続時間

	p	t	k	kk	k	tʃ	t
Japanese	90	70	91	226	68	231	75
Korean-1	127	147	137	127	71	152	127
Korean-2	79	135	101	304	107	152	129

（注；単位ms.）

表51と表54をグラフにすると、次のグラフ29、グラフ30のようにな
る。

グラフ29 日本人と韓国人学習者の非促音と促音の持続時間 I

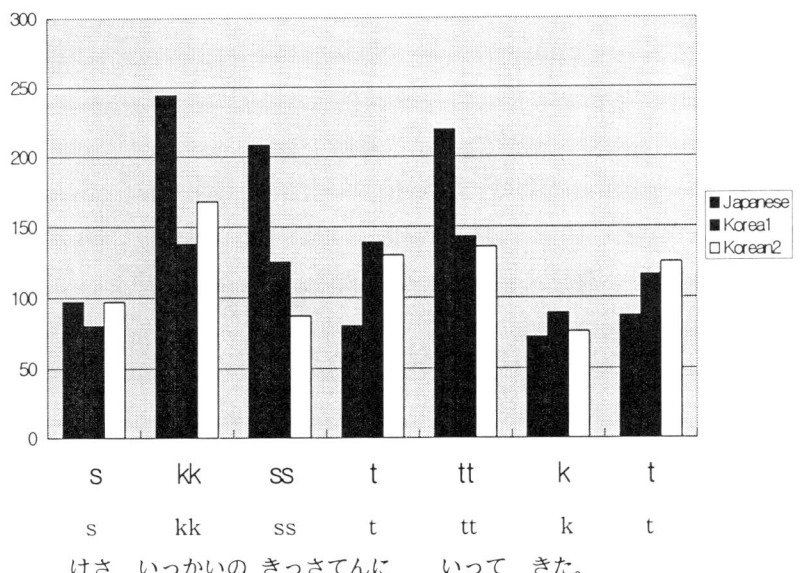

グラフ30 日本人と韓国人学習者の非促音と促音の持続時間 II

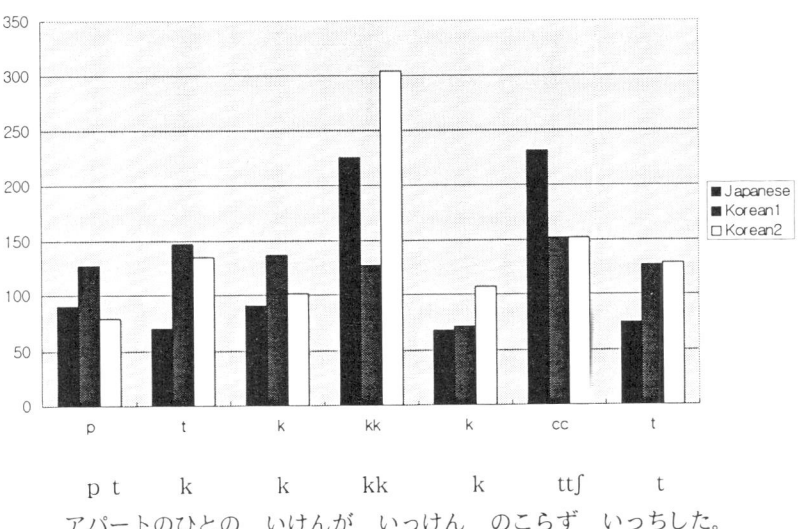

p t　k　k　kk　k　ttʃ　t
アパートのひとの　いけんが　いっけん　のこらず　いっちした。

　グラフ29と30を見てもわかるように、韓国人日本語学習者が非促音を発音する場合、閉鎖持続時間が日本人の非促音の平均閉鎖持続時間より、長くなっていることが多かった。また、促音を発音する場合は、日本人の平均閉鎖持続時間よりずっと短くなっている場合が多かった。

　非促音の閉鎖持続時間が日本人の平均閉鎖持続時間とほぼ同じであったのは、数えるほどしかなかったが、非促音が短く発音されている場合について調べてみると、「デパート」や「アパート」などの/p/の場合、有気化が見られた。有声音になっている場合と後に気音を伴っている場合とがあった。非促音つまり、無声音の誤用には有声化・有気化(激音化)・促音化(硬音化)の誤用が見られる。したがっ

て、非促音が促音化していなくても、正しい発音となっているとは
限らないのである。

　また、Korean2は調査した8つの促音のうち、5つは日本人の平均
持続時間より短く発音しているが、あとの3つは長く発音している。
Korean1の場合も、グラフ4を見ればわかるように、非促音の/k/のほ
うが促音/k/より閉鎖持続時間が長くなっている。このように、促音
を短く発音する傾向のある学習者が、長く発音したり、非促音と促
音を続けて発音した場合でも、閉鎖時間が変わらなかったり、ある
いはむしろ促音のほうが短く発音されていたりする。

第五章
結　論

　以上、韓国人日本語学習者の日本語音声について調べるために、縦断的および横断的方法で誤用調査を行ない、誤用の傾向と向上度について明らかにした。また、それらの誤用がどのような母語の干渉から生じているのかを明らかにするために、韓国語と日本語の音声を音響分析して、対照比較した。

　研究の方法と順序は次の通りである。まず、序章では問題提起と本研究の目的および方法を提示した。第一章では韓日両国語の音声に関し、調音音声学的比較対照から、誤用の予測を行なった。第二章では第一章の予測に基づいて作成したミニマル・ペアを用いて、二回にわたる誤用調査(誤用調査Ⅰ)を実施して、日本語習得の二つの段階における誤用の傾向を調べた。さらに、これを補足する意味で、有声音と無声音に関する誤用調査Ⅱを行なった。また、上級学習者を対象としてスピーチによる誤用調査Ⅲを実施し、自然な発話

における誤用の傾向について調べた。第三章では、韓日両国語の音声を分析し、比較対照することによって、誤用の原因となっている母語の干渉について科学的に考察した。

　以下、本研究によって明らかになった韓国人日本語学習者の誤用の傾向と、それらの誤用が、どのような韓日両国語の音声上の違い、すなわち母語の干渉から生じているのかについて述べることにする。

　母音に関しては、母音自体の誤用は、あまり見られなかったが、子音の後に/i/が来た場合の/–i/の誤用が、誤謬調査Ⅲで235例と非常に多くなっていた。また、日本語の/ei,ou/は[eː,oː]のように長音として発音されるが、[ei,ou]と発音している誤用も非常に多かった。

　韓日両国語の母音のフォルマントを比較してみると、「う」を除けば、日本語のほうが韓国語よりF2の数値が高かった。また、/CV/の環境では、韓国語の母音のフォルマントは、/V/の場合とそれほど変わらなかったが、日本語の場合、F2の数値が「お」はわずかに高く、それ以外はずっと高くなっていた。日本語の母音を韓国語との比較から表記すると、次のようになる。

　　「い」は、韓国語の「ㅣ」と舌の位置はほぼ同じで、やや広い。た
　　　　だし、子音の後では、ずっと前寄りでやや広くなって
　　　　いた。
　　「え」は、口の開閉度は韓国語の「ㅔ」と「ㅐ」の中間だが、舌の前
　　　　後位置は最も前寄りであった。

「あ」は、韓国語の「ㅏ」とほぼ同じで、やや広い。「あ」と「ㅏ」は
後舌音であると言われているが、調査では中舌音で
あった。日本語の「あ」は/CV/では、さらに前寄りとな
り、中舌音の「ㅡ」よりも前寄りとなっていた。

「お」は、韓国語の「ㅜ」と「ㅗ」の中間と言われているが、口の開
閉度は「ㅗ」とほぼ同じで、「ㅗ、ㅡ」よりずっと前寄り
で、「ㅓ」と比べても、やや前寄りとなっていた。

「う」は、「ㅜ」よりもずっと前寄りで、「ㅡ」よりわずかに後寄り
であった。開閉度は「ㅗ」と「ㅡ」の中間であった。ま
た、/CV/ではずっと前寄りとなっていた。

　日本語の「い」と「う」と「あ」は、/CV/の環境でかなり前寄りになっ
ていた。特に「い」は、/V/の時に比べて/CV/の時には、ずっと前寄
りになっていた。誤用調査で［−i］の誤用が非常に多かったこと
も関係があるものと思われる。

　スピーチに現れた長音の短音化の誤用は71例(出現した長音583音
の12.12％にあたる)であった。また、非長音の長音化の誤用も98例
と予想以上に多く見られた。誤用が最も多かったのは/o/で、長音の
短音化が30例、非長音の長音化が43例見られた。また、短音化と長
音化に関する誤用は第1音節に最も多く現れ、それ以外では単語の
末音に多かった。また長音の短音化の誤用は、前に無声子音が来た
時に最も多く、68％(48例)を占めていた。これに対して、非長音の
長音化の誤用は前に有声子音が来た場合に最も多く、全体の

63％(62例)に達しており、特に/g,d,b,z/の有声破裂音の場合が35例もあった。

　韓日両国語の母音・長母音の持続時間を測定したところ、日本語の短母音の持続時間の平均値は105.41ms.(ms)であったのに対して、韓国語の短母音の持続時間の平均値は121.49msで、日本語より長くなっていた。また、前に来る子音別に見ると、日本語では/g,d,b,z/の有声子音が前に来た時の母音の持続時間が短く、/k,t,p,c/の無声子音が前に来た時は長くなっていた。これに対して、韓国語では平音が前に来た時の母音の持続時間が長く、硬音・激音が前に来た時の母音の持続時間は短かった。また、母音別に見ると、日本語では母音による持続時間はあまりなかったが、韓国語では、短母音・長母音ともに［u,ɯ］の持続時間が短く、［a,ɔ,i］の持続時間が長くなっていた。

　半母音と拗音の誤用は、[ij-,uw-]のように2音節として発音されたものが多かった。半母音の持続時間を測定したところ、/j,w/から母音への過渡的部分が韓国語のほうが短く、/j,w/と母音の部分がはっきりしていて、それが隣り合うように続いていたのに対して、日本語では過渡的部分が長く、両者が融合するような形でつながっていた。また、韓国語の母音の持続時間が長いため、半母音が一音節ではなく、二音節の/j,w/＋母音のように聞こえてしまう可能性があるものと思われる。

　スピーチによる誤用調査Ⅲでは、有声音と無声音の誤用が誤用全

体の41％を占めていた。特に、語中の無声音の誤用が519も見られ、語頭の有声音の誤用も多かった。また、予測されていなかった語頭の無声音の誤用もかなり見られた。

　韓日両国語の破裂音の閉鎖・VOT・母音の持続時間をそれぞれ測ってみた。韓国語の平音は語頭では無声音として発音されるが、語頭の平音のVOTは、日本語の語頭の無声音のVOTよりずっと短くなっていた。さらに、日本語の語頭の無声音と有声音、韓国語の語頭の平音のスペクトログラムを比較分析してみた。日本語の無声音では、声帯振動の前に気音が見られるが、有声音では、prevoicebarが現れていた。また、韓国語の平音の場合には、prevoicebarは見られず、気音が見られたが、日本語の無声音よりは短く、緊張も見られなかった。つまり、日本語では語頭の無声音は弱い気音となるが、韓国語の語頭の無声音は無気の弛緩音であるということを示している。

　また、韓国語の平音は語中では有声音として発音されるため、語中の無声音の発音は特に問題がないと思われたが、実際には誤用が見られた。スペクトログラムを見ると、「が」の場合、語頭の場合同様、声帯振動の前にprevoicebarが見られ、有声音的な波形が現れているのに対して、韓国語の「가」の音声波形にはprevoicebarが見られず、日本語の「か」に近い形となっていた。このため、韓国人学習者の語中の有声音の発音は有声化が弱いため、有声音なのか無声音なのかはっきりしない発音となる可能性があるものと思われる。

　誤用調査で、語中の無声音の誤用は、学習初期では有声化が多く、これを矯正しようとすると、硬音化・激音化という異なる誤用

のパターンに移行するという傾向が見られた。中級過程では、文章レベルでは有声化の誤用が多く、単語レベルでは硬音化や激音化が増えていた。さらに、上級過程でも、自然な発話に近いスピーチでは、有声化の誤謬が再び現れ、硬音化とほぼ同じ割合を示していた。無声音を硬音として発音した場合、閉鎖の持続時間が長いため、語頭では音節自体が非常に短く聞こえ、語中では前に促音があるように聞こえる可能性がある。また、激音として発音した場合、語頭ではVOTが長く母音が短いため、不自然に聞こえ、語中では二音節に近い長さとなってしまうものと思われる。

　日本語では語中の有声音は鼻濁音として発音されることがある。韓国語の終声「ㅇ」の次に母音が来ると、鼻濁音と同じように発音されるが、この場合、音節の持続時間は約二倍の長さとなってしまう。

　摩擦音の/s,h/の誤用は、次に母音[i]が来る[si,hi]の場合に最も多かった。日本語の/si,hi/は[ʃi,çi]となるが、これを[si,hi]と発音している誤用である。また、その他の誤用では、いずれも/s,h/の摩擦音が弱く、息が抜けたように聞こえるものであった。特に語中の/h/には脱落して、母音のように聞こえるような場合もあった。

　/s,h/の子音の持続時間を調べると、日本語のほうが摩擦が強く、VOTの持続時間が韓国語よりもずっと長くなっていた。特に、韓国語の/h/の子音の持続時間は、語中に来ると非常に短くなり、音声波形に部分的あるいは全体的に母音のような有声的な波形が見られた。

　「つ、ざ、ず、ぜ、ぞ」は韓国語にはない音のため、誤用が非常に多く、「つ」と硬口蓋音の「ちゅ」のミニマル・ペアーでは誤用率が95％であった。ところが、同じ歯茎音の「す」とのミニマル・ペアーでは誤答率は17％とかなり低くなっていた。また[dz]を[dʒ]と発音している誤用も多かった。ただし、[tsu]の誤答率は、学習が進むとかなり減少しており、上級レベルの学習者には[tsu][dzu]の発音に問題のない学習者もいたことから、[tsu][dzu]の発音は、一度習得してしまえば、安定的に正しい発音ができるものと思われる。

　日本語の「つ、ざ、ず、ぜ、ぞ、ちゅ、じゃ、じゅ、じぇ、じょ」と韓国語の「ㅈ、ㅉ、ㅊ、ㅋ、ㅈ、ㅋ、ㅋ、ㅈ、ㅋ、ㅋ、ㅋ」の持続時間を、子音部分と母音・半母音部分とに分けて測定してみた。「ㅊ」を除く、子音の持続時間は、いずれも日本語のほうが長くなっていた。しかし予想に反して、韓国語の「ㅈ、ㅈ、ㅈ、ㅈ」には、日本語の「ちゅ、じゃ、じゅ、じょ」に見られるような半母音/j/から母音へと移行するフォルマント周波数のゆっくりとした下降の部分は見られなかった。パラトグラフを用いた動態口蓋図によると、日本語の破擦音は舌の第一、第二列から接触が始まっているが、韓国語の破擦音の場合、第一列は全く接触せず、舌の側面の接触が韓国語のほうが広く長いことがわかっており、この点と破擦音の持続時間の長さの違いが誤用の原因となっているものと考えられる。

　撥音の誤用は、ミニマルペアによる単語レベルの誤用調査（誤用調査Ⅰ）では、母音・半母音が後続した場合は非常に多かったが、それ以外では比較的少なかった。ところが、上級レベルのスピーチには撥

音の誤用がかなり見られた。

　日本語の撥音と韓国語の終声「ㄴ,ㅁ,ㅇ」の持続時間を測定してみたところ、単語レベルでは、韓国語の終声「ㄴ,ㅁ,ㅇ」の持続時間の平均は163.29ms.と日本語の144.62ms.よりもむしろ長く、後続に母音が来た場合は91.78ms.と短くなっていたが、それ以外ではかなり安定した持続時間を示していた。

　しかし、文章レベルでの測定では、日本語の持続時間は132.32ms.と単語レベルの持続時間と大きな違いはなかったのに対して、韓国語の持続時間は平均102.82ms.と単語レベルに比べるとずっと短くなっていた。

　また、同じ単語を同じ被験者が発音した場合の最高値の持続時間と最低値の持続時間の差は、日本語の撥音の場合、平均5.16ms.で、10ms.以下が全体の34％を占めており、30ms.以上はなかったが、韓国語の終声「ㄴ,ㅁ,ㅇ」では、最高値と最低値の差異は平均して35.78ms.もあり、10ms.以下はわずか8％、30ms.以上が50％も占めていた。つまり、日本語では撥音の長さは、ほぼ一定しているが、韓国語の場合は同一音素を同一被験者が同じ環境で発音した場合でも、長さが一定していないということになる。

　特に、日本語の撥音では100ms.以下の撥音は見られなかったが、韓国語の終声では約50％となっていた。これは、韓国語の終声が短く発音されることがあるということと、後続に母音・半母音が来た場合、連音法則が作用して後続の母音・半母音と結合し、一つの音節として発音されてしまう傾向があるということと関係があるものと見られる。

　促音の誤用は、ミニマル・ペアによる誤用調査の結果をみると、非促音化の誤答率は9％であまり高くなかったが、非促音の促音化の誤答率は38％と高くなっていた。これに対して、自然な会話における誤用の現れ方を調べるために行なったスピーチによる誤用調査では、促音の非促音化の誤用が125例、非促音の促音化の誤用が290例で、促音に関する誤用は合わせて415例となり、これは、有声音と無声音の誤用に次いで多く、誤用全体の16.94％を占めていた。つまり、促音の誤用は400字詰め原稿用紙にすると、促音の非促音化の誤用は一頁に2.90、非促音の促音化の誤用が6.74の割合で現れたということになる。

　促音と非促音の閉鎖持続時間を測定した結果、単語レベルでは日本語の非促音の閉鎖持続時間の平均は103.39ms.で、促音の閉鎖持続時間は295.94ms.であった。これに対して、韓国語の硬音の閉鎖持続時間の平均は245.33ms.で、終声の閉鎖持続時間の平均は234.99ms.であった。また、文章レベルでは閉鎖の持続時間が全体的に単語レベルよりも短く、非促音は89.27ms.、促音は232.42ms.であったのに対して、硬音は125.04ms.、終声は171.05ms.であった。

　したがって、日本語の非促音を硬音として発音すると、閉鎖持続時間が長いために、促音のように聞こえ、日本語の促音を硬音や終声で発音すると、閉鎖持続時間が促音より短いために、促音が脱落しているように聞こえたり、不自然な発音となってしまう可能性がある。

　実際に、韓国人日本語学習者の日本語の発音について調べてみたところ、非促音は長く、促音は短く発音する傾向があることが確認

された。また、同じ学習者が常に、同じように発音するのではなく、全く同じ環境でも、非促音を促音化して発音したり、促音を非促音化して発音したりしており、この傾向は学習者のレベルに関係なく、現れていることもわかった。

　本研究は、音声教育において避けて通れない母語の干渉という問題に、より科学的かつ体系的な分析を通して接近することを試図したものである。学習者の日本語音声を詳細に分析することによって、調音音声学的アプローチではわからなかった母語の干渉の実態が、ある程度明らかにできたのではないかと思っている。第二言語習得の過程において、学習者が母語の方法を転移することは必然的なことである。したがって、母語を言語習得の「障害」として捉えるのではなく、いかに効率的に転移すべきかを研究することによって、より効率的な学習ストラテジーを確立するために活用することが重要である。このような観点から、本研究の成果はそのための基礎資料に充分になり得るものと思われる。

　最近では、audeo-visual　関連の教材が増えていることや、日本文化に対する開放政策によって、学習者が日本語に触れる機会が増えたこと、英語をはじめとする早期外国語教育が活発に行なわれるようになったことなどによって、韓国人学習者の日本語音声習得の環境は大きく改善されている。しかし、学習の初期段階において、韓国語との対照研究に基づいた日本語の音声に関する解説や、適切な聴解・発音指導が、充分に行なわれなければならないことは言うまでもない。本研究の成果を基に、音声教育シラバスの開発、特

に、音声分析ソフトを活用した発音矯正プログラムの開発などを進めて行くことを今後の課題としたい。

■ 参考文献 ─────────────────────────────

会田清ほか(1997)「音声認識技術を利用した日本語発音学習システム」早稲田
　　　　大学日本語研究教育センター紀要9　p.111-131

秋永一枝(1968)「いわゆる特殊音節(特殊拍)について」『講座日本語教育』第4
　　　　分冊　早大語研

秋永一枝(1971)「外国人への発音教育」『講座正しい日本語』第2巻　発音編　明
　　　　治書院

天沼寧、水谷修、大坪一夫(1978)『日本語音声学』くろしお出版

鮎沢孝子(1999)「中間言語研究-日本語学習者の音声」音声研究　第3巻　第3号
　　　　p.4-12

今川博・桐谷滋(1989)「DSPを用いたピッチ・フォルマント実時間抽出とその
　　　　発音訓練への応用」電子情報通信学会技術研究報告SP89-36
　　　　p.17-24

今田滋子(1990)『教師用日本語教育ハンドブック⑥発音』凡人社

今田滋子(1973)「撥音の発音をめぐって」『日本語教育』20号　日本語教育学会

今田滋子(1988)「音声と音韻—日本語の発音指導のために—」『話し言葉のコ
　　　　ミュニケーション』日本語教師用参考書II　凡人社

岩波講座(1977)『日本語5　音韻』岩波書店

上野田鶴子(1988)「らりるれろはra ri ru re ro?」『言語』Vol.17、No.3

梅田博之(1983)「韓国語の音声学的研究」蛍雪出版社

梅田博之・村崎恭子(1980)「日本語の発音」特定研究『AA諸言語と日本語の
　　　　学習』東京外国語大学

大西晴彦(1994)「韓国人の日本語発音について」『紀要』vol.16・17　国際学友会
　　　　日本語学校

大村益夫(1969)「朝鮮語の発音と構造」『講座日本語教育5』

小笠原義郎(1996)「韓国人日本語学習者の日本語破擦音の発音と聴き取りの
　　　　関係について」東北大学文学部日本語学科論集第6号　p.13-22

小笠原義郎(1997)「日本語発音学習における学習者の自己評価」東北大学文学
　　　　　部言語科学論集第1号
小笠原義郎(1998)「日本語学習における撥音学習ストラテジーの有効性の検討
　　　　　」東北大学文学部言語科学論集　第2号　p.1-12
大室香織ほか(1996)「日本語長母音における拍数の聞き取りについて―日本語
　　　　　話者と韓国語話者と英語話者の比較―」第10回日本音声学会全国
　　　　　大会予稿集　p.71-76
川上蓁(1977)『日本語音声概説』桜楓社
川上義一(1987)「発音指導の一方法」『講座日本語教育』第23分冊　早大研
川瀬生郎(1974)「学習初期における音の聞き取り能力について-聞き取りテス
　　　　　ト・書き取テストの結果から-」『日本語学校論集』1号　　東京外国語
　　　　　大学外国語学部付属日本語学校
木村宗男(1988)『教授法入門』教師用日本語教育ハンドブック7　国際交流基金
桐谷滋(1997)「パーソナルコンピューターによる音声分析」日本語音声[2]　アク
　　　　　セント・イントネーション・リズムとポーズ　三省堂
国立国語研究所(1997)「日本語と外国語との対照研究Ⅳ　日本語と朝鮮語の対
　　　　　照研究　上巻　回顧と展望編」くろしお出版
国立国語研究所(1997)「日本語と外国語との対照研究Ⅳ　日本語と朝鮮語の対
　　　　　照研究　下巻　研究論文集」くろしお出版
国立国語研究所(1990)「日本語の母音・子音・音節<報告100>」国語国立研
　　　　　究所
酒井真弓(1992)「聴解・発音における難易度および向上度の測定とその分析」
　　　　　碩士学位論文、韓国外国語大学校教育大学院日本語教育専攻
酒井真弓(1993)「日本語の有声音と無声音に関する発音上の問題点と誤謬の
　　　　　傾向」晩光朴熙泰教授停年退任記念論叢　p.437-474
酒井真弓(1995)「日本語のモーラ音と発音上の問題点」日教展望　　第1号韓国
　　　　　外国語大学校　教育大学院　p.29-45
酒井真弓(1996)「韓日両国語の音声学的対照比較と日本語学習者の発音上の
　　　　　問題点」徳成女大論文集　第25輯　p.161-184
酒井真弓(1998)「音声教育における問題点と指導法」日教展望　第5号　韓国外
　　　　　国語大学校　教育大学院
酒井真弓(2001)「日韓両国語の軟口蓋破裂音の音響音声学的分析」徳成女子
　　　　　大学校　高等教育研究所　第9輯　p.85-105

酒井真弓(2002)「日韓両国語の母音に関する対照分析」人文科学研究　第7輯　徳成女子大学校 p.305-324

酒井真弓(2003)「日本語の長母音に関する研究」日本文化研究　第9輯　동아시아일본학회 p.455-473

酒井真弓(2004)「日本語の撥音に関する研究–韓国人学習者に対する音声教育の基礎として」日本言語文化 第6輯 日本言語文化学会 p.96-109

社団法人電子通信学会(1976)「聴覚と音声」コロナ社

杉藤美代子(1997)「音声波形は語る、日本語音声の研究4」和泉書院

助川泰彦(1993)「母語別に見た発音の傾向；アンケート調査の結果から」『日本語音声』研究成果刊行書日本語音声と日本語教育(水谷修ほか編)

助川泰彦・前川喜久雄・上原聡(1999)「日本語長母音の短母音化現象をめぐる諸要因の実験音声学的研究と音声教育への示唆」言語学と日本語教育　くろしお出版

鈴木忍(1963)「発音の指導と問題点ータイ語国民を中心に」日本語教育学

武田誠・二瓶美帆・益子幸江(1999)「韓国語における歯茎摩擦音の平音と濃音に関する音響音声学的研究―語頭および語中で音節末子音が先行する場合」音声研究第3巻第2号

田村光規(1979)「CV音節に見られる子音の音声現象のスペクトル分布」北海道大学紀要NO.30-1

田村光規(1980)「英語における結合音声現象のスペクトル分布」北海道大学紀要NO 30-2

坪田康・朴瑞庚・壇辻正剛・大木充(2005)「韓国人学習者の日本語語頭有声音の習得における自己モニタリングの効果」音声研究　第9巻　第2号 音声学会 p.47-58

土岐哲(1995)「日本語のリズムに関する基礎的考察とその応用」阪大日本語研究7 p.83-94

戸田貴子(2001)「日本語音声習得の展望」『第二言語としての習得研究』4号　第二言語習得研究会

戸田貴子(2003)「外国人学習者の日本語特殊拍の習得」音声研究　第7巻　第2号

中東靖恵(1998)「韓国語母語話者の英語音声と日本語音声」『音声研究』vol.2-1 日本音声学会

西郡二郎・黄竜夏・朴良順(2002)「韓国人学習者の日本語の促音の知覚に関

する研究」日本語研究 第22号 p.103-118

藤村靖(1972)『音声科学』東京大学出版会

文化庁(1970)『音声と音声教育』日本語教育指導参考書1 大蔵省印刷局

北条淳子(1970)「日本語教育における問題点ー発音矯正」講座日本語教育6 p.1～7

前川喜久雄(1997)「日韓対象音声学管見」日本語と外国語の対照研究Ⅳ 日本語と朝鮮語 下巻研究論文編 国立国語研究所 p.173-190

松崎寛(1999)「韓国語話者の日本語音声−音声教育の観点から」音声研究第 3巻 第3号p.26-35

松野和彦(1987)「英語と日本語の音声・音韻の対象研究」日本語学 明治書院

水谷修(1974)「音声教育の問題点(1)有気音・無気音の対立をもつ言語の使用者に対し、日本語の有声音・無声音の識別・発音能力を与えるためのこころみ」『日本語教育研究』10号 言語文化研究所

皆川泰代(1997)「長音・短音の識別におけるアクセント型と音節位置の要因−韓国・タイ・中国・英・西語母語話者の場合−」日本語教育学会

ラディフォギッド(1999)『音声学概説』大修館書店

湯浅育子(1995)「母音の音質、高低アクセント、長さに関する音響音声学的分析」音声学会

강인선(1992)'일본어 발음 교육의 한문제(Ⅱ)' 언어학 제14호 한국언어학회 p.19-30

姜蓮華(2004)「韓国人日本語学習者の日本語音声の知覚に関する一考察−特殊音素の促音を 中心に−」、早稲田大学日本語教育研究 第5号

권경근(2002)'현대국어에서의 모음체계 변화의 움직입에 대하여−젊은 세대의말을 대사으로−'
언어학 제30호 p.29-49

김성철(2005)'장단의 이해와 활용' 국어 생활 새 소식 4월호 p.1

김선희(2002)'한국인 화자에 나타나는 일본어 어두 유성 자음의 경향 분석'음성과학 제9권 4호 p.201-214

김숙자(1996)'일본어 撥音/N/의 음성교육에 대하여'Foreign Languages Education 3[1] p.159-173

김숙자(1996)'한국인 학습자의 촉음 (促音) / Q / 의 발음의 오용에 (誤用) 대하여'일본학보 36권 p.5-23

金勝漢(1982)「韓日両国語の音韻組織の違いと音声教育上の問題についての

一考察」碩士学位請求論文　韓国外国語大学大学院日語科

김정원(1997)' 모음간 마찰음/ㅅ,ㅆ/의 지속시간 영구'언어학연구 제27호 서울대학교 대학원

고수만(1999)'일본어「ン」의 発音教育에 대하여' Foreign Languages Education 3[1] p.341-354

閔光準(1987)「韓国人の日本語の促音の知覚について」日本語教育62号　p.179-193

민광준(2000)'일본어 음성교육 연구의 현황과 과제;분절음을 중심으로'日本語学 시리즈 1-日本語学의 現況과 課題 p.7-48

민광준(2005)'일본어 음성 교육에 관한 연구의 현황과 과저'일어일문학연구 52권 1호 p.1-25

閔光準(2000)「韓国人学習者の日本語の発音に見られる促音挿入について」日本文化学報　第9輯

閔光準(2001)「韓国人学習者の母語音声が日本語作文に及ぼす影響」Forein Languages Education8-1 p.431-445

朴熙泰(1985)'日本語音의音響音声学的実験에 의한一考察'「日本文化研究」創刊号

朴熙泰(1987)'韓日両国語音의動態口蓋図에 의한 一考察'日本文化研究会 韓国外国語大校p.37-65

朴熙泰(1993)'韓日両国語의 音韻 및 音声学的対照考察'韓国外国語大学校論文集 第26輯

朴熙泰(1975)「日本語の子音体系とその音声教育について」碩士学位請求論文 韓国外国語大学日語科

박주경(1987)'현대 한국어의 장단음에 대한 소고'말소리11～14　대한음성학회 p.121-132

邊姫京(2003)「韓国在住の韓国人日本語学習者における韓国語と日本語の母音の無声化」音声研究
　　　第7巻 第3号 日本語音声学会 p.67-76

司空煥(2004)「韓国語話者による「ザ行音」の調音的特性に関する時間的・空間的研究」日本語学研究　第12輯

司空煥(2004)「韓国語話者による日本語破裂音・破擦音の生成及び知覚に関する実験音声学的研究」博士学位請求論文 大阪大学

梁元碩・崔真権(1994)'일본어 발음의 (撥音) 발음 (発音) 지도방법 고찰'　日

語教育　第10輯　p.5-24

이재강(1998)'한국어와 일본어의 모음에 관한 실험음성적 대조 분석'서울대학교
　　　　대학원 언어학과 문학박사학위논문
이재강(1999)'파열음 계열의 일본어 촉음에 관한 한국인과 일본인의 지속시간
　　　　연구'언어연구 19권 p.99-106
李昌雨(1980)『韓日両国語の対照音声学』ハンマウム社
이현복・지민제(1995)"한국어 모음의 음향음성학적 연구" 말소리 제6호 언어학과
李炯宰(2000)「韓国人日本語学習者の日本語発音習得研究」일본어문학 9권
　　　　p.107-138
李炯宰(1998)「韓国人日本語学習者の日本語長母音の習得研究-生成と知覚
　　　　に関する横断的考察-」名古屋大学 博士学位論文
이형재(2000)'한국인 일본어 학습자의 일본어 발음 습득 연구-유성, 무성 파열
　　　　음의 발음을 중심으로-'일본어문학 9권 p.107-138
崔英淑(2003)「日本語の破裂音の音響音声学的特徴」韓国日語日文学会　47巻
　　　　1号　p.1-18
한선희(2004)「第2言語における日本語の習得研究の現状と課題」어문학연구16
　　　　권 p.1-19
許雄(1975)『国語音韻学』正音社 p.169-171

■ 資料 1 ────────────────────────────

誤謬調査 I

1.	カイトー(解答)	ガイトー(該当)
2.	クラス	グラス
3.	コーカ(効果)	ゴーカ(豪華)
4.	キンメダル(金メダル)	ギンメダル(銀メダル)
5.	ケンコー(健康)	ゲンコー(原稿)
6.	ショーケン(証券)	ショーゲン(証言)
7.	ギンカ(銀貨)	ギンガ(銀河)
8.	イキ(息)	イギ(意義)
9.	カク(角)	カグ(家具)
10.	キコー(気候)	キゴー(記号)
11.	タイキン(大金)	ダイキン(代金)
12.	テンシ(天使)	デンシ(電子)
13.	トーキョー(東京)	ドーキョー(同郷)
14.	カイタス(買い足す)	カイダス(買い出す)
15.	タンテキ(端的)	タンデキ(耽溺)
16.	ゴートー(強盗)	ゴードー(合同)
17.	パイ(牌)	バイ(倍)
18.	ピリピリ	ビリビリ
19.	プープー	ブーブー
20.	ペース	ベース
21.	ポタポタ	ボタボタ
22.	サンパイ(参拝)	サンバイ(三倍)
23.	カンピ(官費)	カンビ(完備)
24.	カープ	カーブ
25.	カンペン	カンベン(簡便)
26.	シンポウ(信奉)	シンボウ(辛抱)

27.	サンギョー(産業)	ザンギョー(残業)
28.	センシン(先進)	ゼンシン(全身)
29.	ソウリョー(総量)	ゾウリョー(増量)
30.	シンケン(真剣)	ジンケン(人権)
31.	スシ(寿司)	ズシ(図示)
32.	センサイ(繊細)	センザイ(潜在)
33.	カンセイ(完成)	カンゼイ(関税)
34.	コウシ(行使)	コウジ(工事)
35.	ウスメル(薄める)	ウズメル(埋める)
36.	ドーソー(同窓)	ドーゾー(銅像)
37.	ハチ(蜂)	ハジ(恥)
38.	チジョー(地上)	ジジョー(事情)
39.	オバサン(おばさん)	オバーサン(おばあさん)
40.	ダス(出す)	ダース
41.	アンカ(安価)	アンカー
42.	イマス(居ます)	イーマス(言います)
43.	オジサン(おじさん)	オジーサン(おじいさん)
44.	カイテ(買い手)	カイテー(改定)
45.	セカイ(世界)	セーカイ(正解)
46.	ソシ(阻止)	ソーシ(創始)
47.	ヒソ(砒素)	ヒソー(悲壮)
48.	ランボー(乱暴)	ダンボー(暖房)
49.	ハレ(晴れ)	ハデ(派手)
50.	レキシ(歴史)	デキシ(溺死)
51.	ローリョク(労力)	ドーリョク(動力)
52.	コライ(古来)	コダイ(古代)
53.	コロモ(衣)	コドモ(子供)
54.	リョコー(旅行)	ヨコー(予行)
55.	ランヨー(乱用)	ナンヨー(南洋)
56.	ロードー(労働)	ノードー(能動)
57.	リンジン(隣人)	ニンジン(人参)
58.	レンシュー(練習)	ネンシュー(年収)
59.	コウヒ(公費)	コウイ(行為)

60.	コフン(古墳)	コウン(孑運)
61.	アヘン(阿片)	アエン(亜鉛)
62.	ソーホー(双方)	ソーオー(相応)
63.	ゾーワイ(贈賄)	ゾーアイ(憎愛)
64.	イヤミ(嫌味)	イアミ*
65.	シホー(至宝)	ショー(使用)
66.	コヨー(雇用)	コオー(呼応)
67.	シハイ(支配)	シアイ(支配)
68.	コクヒ(国費)	コクシ(酷使)
69.	ヒソー(悲壮)	シソー(思想)
70.	マスイ(麻酔)	マツイ(松井)
71.	ウス(臼)	ウツ(打つ)
72.	ジャマ(邪魔)	ザマ(様)
73.	ジュカン(樹幹)	ズカン(図鑑)
74.	ジョーシ(上司)	ゾーシ(増資)
75.	ジェットキ(ジェット機)	ゼットキ(Z旗)
76.	セージャ(聖者)	セーザ(正座)
77.	チューシン(中心)	ツーシン(通信)
78.	ムチュー(夢中)	ムツー(無痛)
79.	スーガク(数学)	ツーガク(通学)
80.	イスダ(椅子だ)	イツダ(何時だ)
81.	ジュジュ(授受)	ジュズ(数珠)
82.	スッパイ(酸っぱい)	スパイ
83.	カッタ(買った)	カタ(型)
84.	イッチ(一致)	イチ(位置)
85.	イッツー(一通)	イツ(何時)
86.	キッテ(切手)	キテ(来て)
87.	シット(嫉妬)	シト(使途)
88.	テッキ(鉄器)	テキ(敵)
89.	シッコー(執行)	シコー(思考)
90.	ハッカク(発覚)	ハカク(破格)
91.	キック	キク(菊)
92.	ハッケン(発見)	ハケン(派遣)

93.	カッサイ(喝采)	カサイ(火災)
94.	ジッスー(実数)	ジスー(字数)
95.	ハッセー(発生)	ハセー(派生)
96.	トッシン(突進)	トシン(都心)
97.	ジッセツ(実説)	ジセツ(自説)
98.	ホッソク(発足)	ホソク(補足)
99.	カンダイ(寛大)	カダイ(課題)
100.	カンタイ(歓待)	カタイ(固い)
101.	シンテン(進展)	シテン(支店)
102.	ハントー(半島)	ハトー(波頭)
103.	カンナイ(館内)	カナイ(家内)
104.	タンニン(担任)	タニン(他人)
105.	シンネ*	シネン(思念)
106.	カンリ(管理)	カリ(狩り)
107.	コンロ	コロ*
108.	シンデン(神殿)	シデン(市電)
109.	ホンドー(本道)	ホドー(歩道)
110.	ホンノー(本能)	ホノオ(炎)
111.	キンライ(近来)	キライ(嫌い)
112.	ブンルイ(分類)	ブルイ(部類)
113.	カンレー(慣例)	カレー
114.	ヒンメー(品名)	ヒメー(悲鳴)
115.	フンマン(憤懣)	フマン(不満)
116.	ハンモン(煩悶)	ハモン(波紋)
117.	シンブン(新聞)	シブン(詩文)
118.	カンキ(喚起)	カキ(下記)
119.	カンゲキ(感激)	カゲキ(過激)
120.	カンガイ(感慨)	カガイ(課外)
121.	ギンコー(銀行)	ギコー(技巧)
122.	カンシン(関心)	カシン(過信)
123.	カンジ(漢字)	カジ(火事)
124.	ホンヤ(本屋)	ホヤ
125.	カンイン(館員)	カイン(下院)

126.	ダンセー(男性)	ダセー(惰性)
127.	キンジ(近似)	キジ
128.	コンヤ(今夜)	コヤ(小屋)
129.	シンアイ(親愛)	シアイ(試合)
130.	カンラン(観覧)	カンダン(歓談)
131.	サンダン(算段)	サンナン(三男)
132.	カンナン(艱難)	カンラン(観覧)
133.	サンラン(散乱)	サンダン(三段)
134.	カンナン(艱難)	カンダン(間断)
135.	サンナン(三男)	サンラン(散乱)
136.	コンヤク(婚約)	コンニャク
137.	カンニュー(函入)	カンリュー(還沈)
138.	シンニュー(進入)	シンユー(親友)
139.	マンニョー(万葉)	マンリョー(満了)
140.	カンニュー(函入)	カンユー(勧誘)
141.	イガイ(意外)	インアイ* →
142.	カギ(鍵)	カンイ(簡易) →
143.	ヒガイ(被害)	ヒンアイ* →
144.	ミギ(右)	ミンイ(民意) →
145.	クキ(茎)	クーキ(空気)
146.	カクー(架空)	カク(格)
147.	チューショー(抽象)	ツーショー(通称)
148.	ジュシ(樹脂)	ズシ(図示)
149.	ジョーズ(上手)	ジョージュ(成就)
150.	ザセツ(挫折)	ジャセツ(邪説)
151.	ゼリー	ジェリー
152.	ショージョー(症状)	ショーゾー(肖像)
153.	コージャ*	コーザ(講座)
154.	モーゼ	モージェ*
155.	ジョーキン(常勤)	ゾーキン(雑巾)
156.	サイン	シャイン(社員)
157.	カス(糟)	カシュ(歌手)
158.	ショージキ(正直)	ソージキ(掃除機)

159.	サッキン(殺菌)	シャッキン(借金)	
160.	ヒショ(秘書)	ヒソ(砒素)	
161.	スシ(寿司)	シュシ(趣旨)	
162.	ヒヤク(飛躍)	ヒャク(百)	
163.	ジユー(自由)	ジュー(銃)	
164.	ビヨーイン(美容院)	ビョーイン(病院)	
165.	キョー(今日)	キヨー(起用)	
166.	イシヤ(石屋)	イシャ(医者)	
167.	ヨーリ*	リョーリ(料理)	
168.	ヘヤ(部屋)	ヘイヤ(平野) →	
169.	フユ(冬)	フイユ* →	
170.	ウル(売る)	オル(折る)	
171.	カオ(顔)	カウ(買う)	

注　＊は、「no sense語」、→はミニマル・ペアと言えないペア。

■ 資料 2 —————————————————————————————

誤謬調査 II

1.	かす	ガス
2.	かむ(嚙む)	ガム
3.	かいとう(解答)	がいとう(該当)
4.	かっこう(格好)	がっこう(学校)
5.	かんたん(簡単)	がんたん(元旦)
6.	きんこう(近郊)	ぎんこう(銀行)
7.	きり(霧)	ぎり(義理)
8.	きかい(機械)	ぎかい(議会)
9.	きっちり	ぎっちり
10.	きせい(帰省)	ぎせい(犠牲)
11.	くち(口)	ぐち(愚痴)
12.	くんし(君子)	ぐんし(軍師)
13.	くったり(食ったり)	ぐったり
14.	クラス	グラス
15.	くず	ぐず(愚図)
16.	けんこう(健康)	げんこう(原稿)
17.	けいだい(境内)	げいだい(芸大)
18.	けっこう(結構)	げっこう(月光)
19.	けんり(権利)	げんり(原理)
20.	ケラケラ	ゲラゲラ
21.	ここ	ごこ(五個)
22.	こうか(効果)	ごうか(豪華)
23.	こってり	ごってり
24.	こんどう(混同)	ごんどう(権藤)
25.	こうかい(公開)	ごうかい(豪快)
26.	かいか(階下)	かいが(絵画)

27.	かいかん(会館)	かいがん(海岸
28.	かかく(価格)	かがく(科学)
29.	こうかい(後悔)	こうがい(郊外)
30.	しんかい(深海)	しんがい(侵害)
31.	つき(月)	つぎ(次)
32.	かき(下記)	かぎ(鍵)
33.	きょうき(凶器)	きょうぎ(協議)
34.	しんき(新規)	しんぎ(審議)
35.	さき(先)	さぎ(詐欺)
36.	こうく(鉱区)	こうぐ(工具)
37.	かく(核)	かぐ(家具)
38.	しんく(真紅)	しんぐ(寝具)
39.	ぎゃく(逆)	ギャク
40.	すく(好く)	すぐ
41.	さける(避ける)	さげる(下げる)
42.	とうけい(統計)	とうげい(陶芸)
43.	かんけい(関係)	かんげい(歓迎)
44.	まける(負ける)	まげる(曲げる)
45.	きけん(危険)	きげん(機嫌)
46.	しんこう(進行)	しんごう(信号)
47.	そうこう(走行)	そうごう(総合)
48.	かこ(過去)	かご(籠)
49.	じこく(時刻)	じごく(地獄)
50.	かんこく(韓国)	かんごく(監獄)
51.	たいがく(退学)	だいがく(大学)
52.	たんき(短期)	だんき(暖気)
53.	たって(立って)	だって
54.	たんか(炭化)	だんか(檀家)
55.	たいきん(退勤)	だいきん(代金)
56.	ちかい(近い)	じかい(次回)
57.	ちか(地価)	じか(時価)
58.	ちせい(知性)	じせい(時勢)
59.	ちんか(沈下)	じんか(人家)

60.	ちじ(知事)	じじ(時事)
61.	てんし(天使)	でんし(電子)
62.	てぐち(手口)	でぐち(出口)
63.	てっき(鉄器)	デッキ
64.	ていと(帝都)	デート
65.	てる(照る)	でる(出る)
66.	とうきょう(東京)	どうきょう(同郷)
67.	とく(得)	どく(毒)
68.	とっか(特価)	どっか
69.	とる(取る)	ドル
70.	とんこう(敦煌)	どんこう(鈍行)
71.	いたい(遺体)	いだい(医大)
72.	かんたい(歓待)	かんだい(寛大)
73.	した(下)	しだ(羊歯)
74.	かいたす(買い足す)	かいだす(買い出す)
75.	かいた(書いた)	かいだ(嗅いだ)
76.	価値(価値)	かじ(火事)
77.	かんち(感知)	かんじ(漢字)
78.	すうち(数値)	すうじ(数字)
79.	コーチ	こうじ(工事)
80.	たくち(宅地)	たくじ(託児)
81.	いてん(移転)	いでん(遺伝)
82.	たんてき(端的)	たんでき(耽溺)
83.	かいて(買い手)	かいで(買いで)
84.	かんてん(観点)	かんでん(感電)
85.	すてて(捨てて)	すでで(素手で)
86.	かいとう(解答)	かいどう(街道)
87.	しんと(信徒)	しんど(震度)
88.	おうとう(応答)	おうどう(王道)
89.	おとる(劣る)	おどる(踊る)
90.	おとし(お年)	おどし(脅し)
91.	パス	バス
92.	パン	ばん(晩)

93.	パック	バック
94.	ぱったり	ばったり
95.	パリ	バリ
96.	ピン	びん(壜)
97.	ぴくぴく	びくびく
98.	ピル	ビル
99.	ピット	ビット
100.	ピーチ	ビーチ
101.	プレー	ぶれい(無礼)
102.	ぷんぷん	ぶんぶん
103.	プラス	ブラス
104.	プープー	ブーブー
105.	プラプラ	ブラブラ
106.	ペン	べん(便)
107.	ペラペラ	ベラベラ
108.	ペット	べっと(別途)
109.	ペース	ベース
110.	ポール	ボール
111.	ポン	ぼん(盆)
112.	ポタポタ	ボタボタ
113.	ぽつぽつ	ぼつぼつ
114.	ポキポキ	ボキボキ
115.	ポット	ボット
116.	せんぱい(先輩)	せんばい(千倍)
117.	さんぱい(参拝)	さんばい(三倍)
118.	かんぴ(官費)	かんび(完備)
119.	しんぴ(神秘)	しんび(審美)
120.	ピーピー	ビービー
121.	カープ	カーブ
122.	かんぷ(還付)	かんぶ(幹部)
123.	しんぷ(神父)	しんぶ(深部)
124.	きんぺん(近辺)	きんべん(勤勉)
125.	スペル	すべる(滑る)

| 126. | かんぼう(漢方) | かんぼう(官房) |
| 127. | ぜんぼう(前方) | ぜんぼう(全貌) |

■ 文章レベル

1. ガスをつけてから、彼はガムを噛むと、かすを捨てた。
2. その解答に該当する。
3. 元旦には簡単な格好で学校へ行く。
4. 近郊にある銀行へ義理で霧の中行った。
5. 議会でその機械について話し合った。
6. きっちりと帰省する客でぎっちりの列車が事故で、犠牲者が出た。
7. 口から出るのは愚痴ばかりだ。
8. 君子でも軍師でもなく、飯を食ったり、疲れてぐったりしていた。
9. クラス会でグラス一杯のワインを飲んだ。
10. 社会の屑だとか、愚図だとか言われていた人が、健康について、立派な原稿を書いた。
11. 芸大の隣のお寺の境内は、月光で結構明るかった。
12. 権利のある者が原理を唱えると効果がある。
13. ケラケラ笑っている者も、ゲラゲラ笑っている者も、ここにあるパンを五個食べた。
14. 権藤さんは豪華な料理もこってりしている料理やごってりしている料理と混同している。
15. 後悔しても、豪快に笑ってすます。
16. 会館の階下にある郊外の海岸を描いた絵画を公開し、価格をつけた。
17. 月の次は、深海を科学する予定だったが、領海の侵害で問題となった。
18. 下記の競技は体力が鍵だが、凶器について、新規に審議しなければならない。
19. 先にこの校区で起こった工具に関する詐欺事件。
20. 真紅の寝具を家具屋で買って、領収書を書くように話した。
21. ギャクを好く者は逆にすぐ避けたり、頭を下げたりする。
22. 陶芸関係の人ひ値段を負けるとか、筋を曲げると、機嫌を損ねる危険がある。
23. 信号にしたがって進行し、走行中は総合的に見なければなりません。

24. 韓国の監獄は籠の中と同じで、地獄のように時刻を止めて、過去に戻してしまう。

25. 大学を退学し、短大に入って、学生にUターンしたが、団体の先頭にダーンと立った。

26. 会社は近いが、退勤する時のタクシーの代金が次回から上がるので問題だ。

27. チーンと鐘を鳴らすと胸がジーンとなったが、子供はちっともじっとしていなかった。

28. 地盤が沈下したため、人家に影響が出て、知事もこの時事問題に頭を痛めている。

29. デッキなど電子機器を売る手口は、天使が鉄器を売るように出口がない。

30. 日の照る中、帝都に乗って田舎から出ることを決めた同郷の人と東京をデートした。

31. 特価で買って得をしたが、ドルを取ると毒になる。

32. どっか敦煌にでも鈍行に乗って行けば、ふところは痛いが、偉大な人の寛大な歓待が受けられる。

33. レーダーのようなメーターを買い足すと、みんなが買い出すと書いた記事を読んだ。

34. 焦げ臭いにおいを嗅いだことから、火事を感知し、感じる場合の数値はかなりの数字で、研究の価値がある。

35. 宅地の工事で、託児所が移転し、コーチの家も遺伝研究所も引っ越した。

36. 端的に言えば、そのことに耽溺した買い手が、この前の会で、そう主張しただけのことである。

37. 従来の観点を捨てて、素手で触れれば、感電することを知るべきだ。

38. 信徒が街道をどんな進度で進むかという問題の解答はない。

39. 王道などないのだから、そんな脅かしに応答して、踊るお年にも劣る。

40. その晩、パックしたパンとパスポートをバックに入れて、バスを待ったが、パンクしてバンクに止まっていた。

41. パリのピンとバリ島のビール瓶を交換した。

42. ピクピク動くピットはびくびくしながら、ビットをあげた。

43. 無礼なピンタにぷんぷん怒るか、ビンタをぶんぶん振り回すプレーかである。

44. ブラスバンドは、ラッパをプープー、ホーンをブーブー鳴らし、プラスして
　　ぶらぶらしたり、ぷらぷらしたりして、ペンを便利に使っていた。

図3 日本語と韓国語の母音のF1-F2平面図 (p.74)

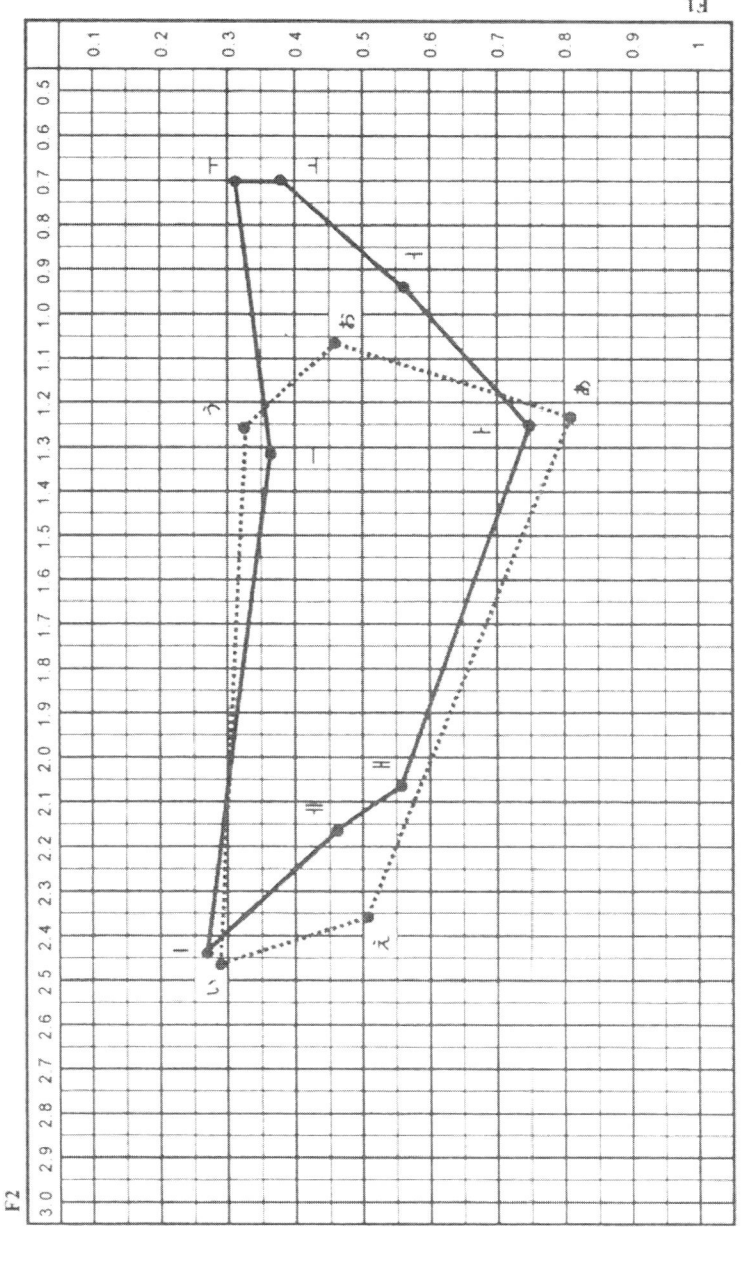

グラフ6 子音別に見た日本語の/v/のフォルマント周波数 (p.78)

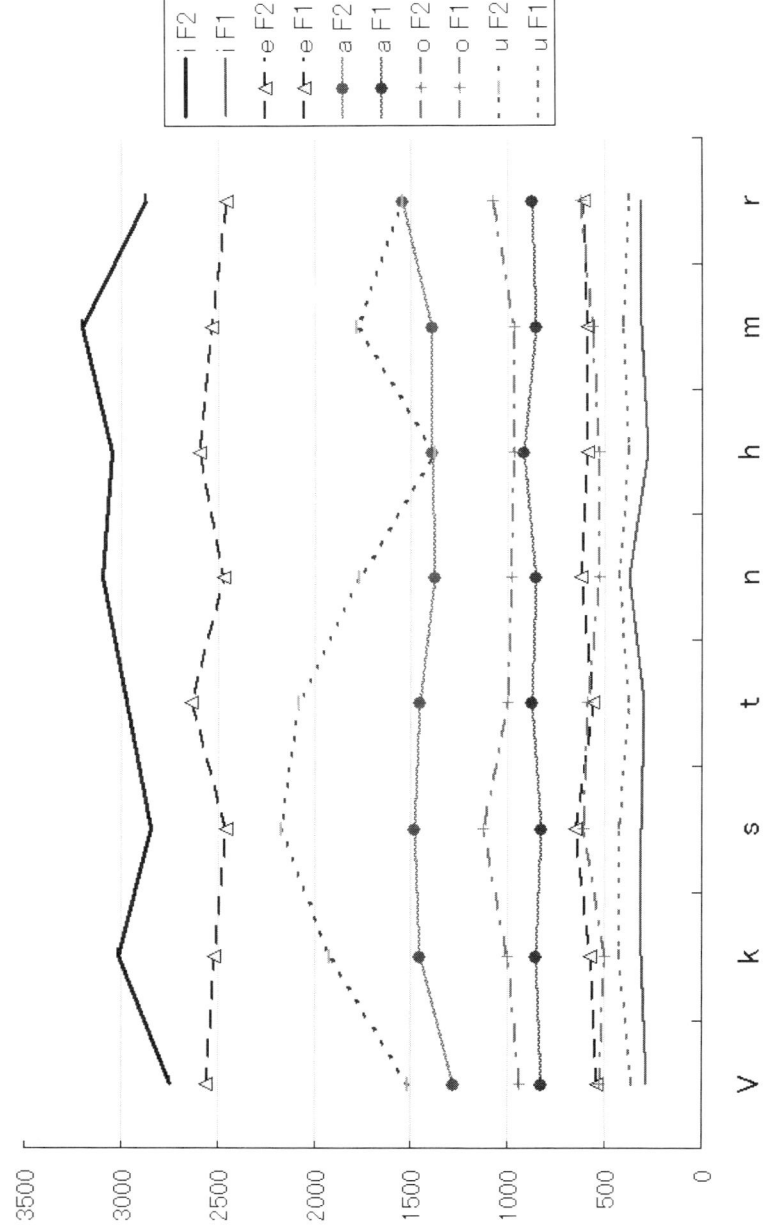

グラフ77 子音別に見た韓国語の/ʌ/のフォルマント周波数 (p.78)

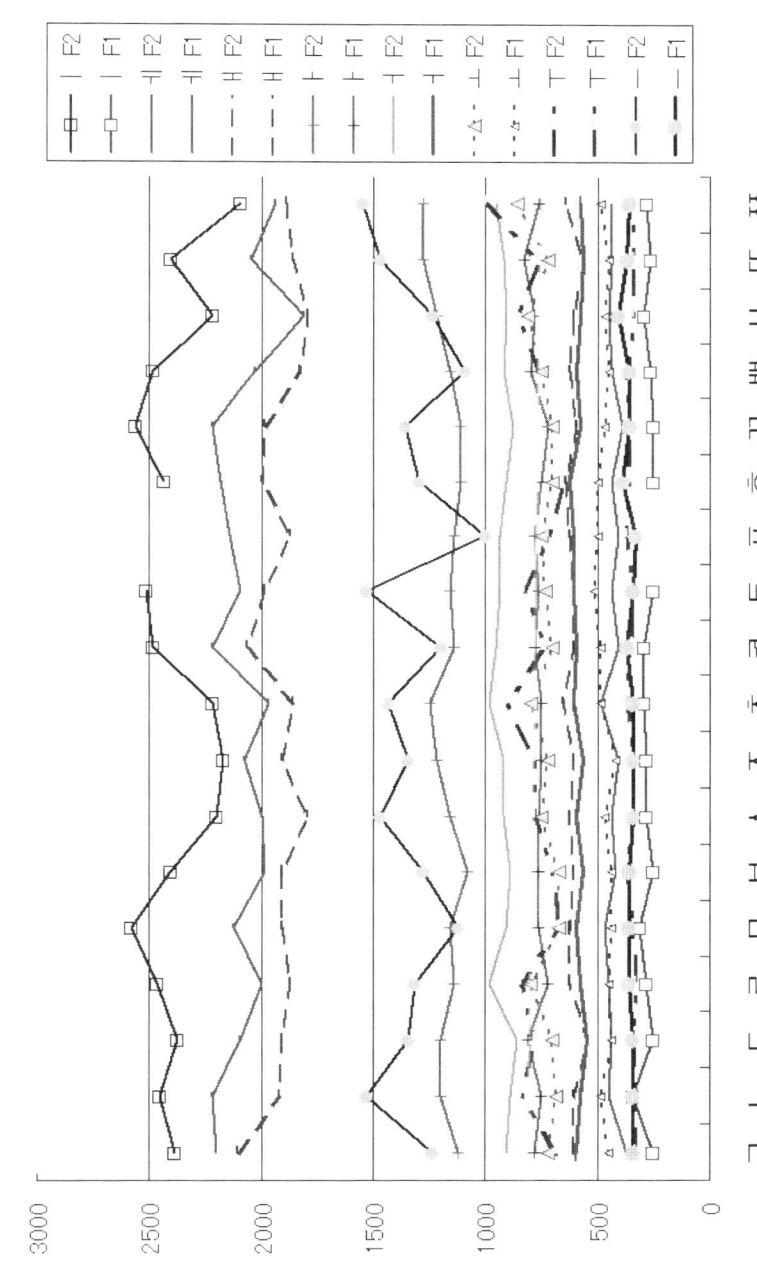

図4 日本語と韓国語の母音のF1-F2平面図(/CV/) (p.80)

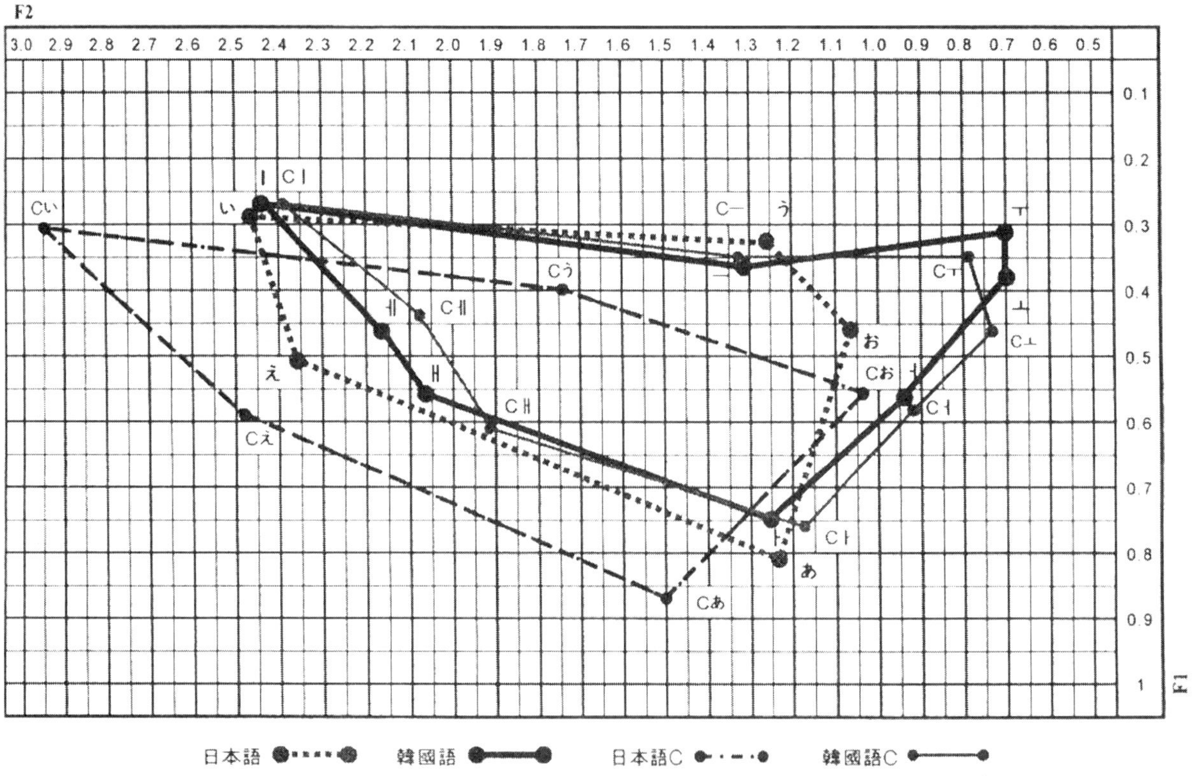

グラフ8 日本語の母音の持続時間 (p.82)

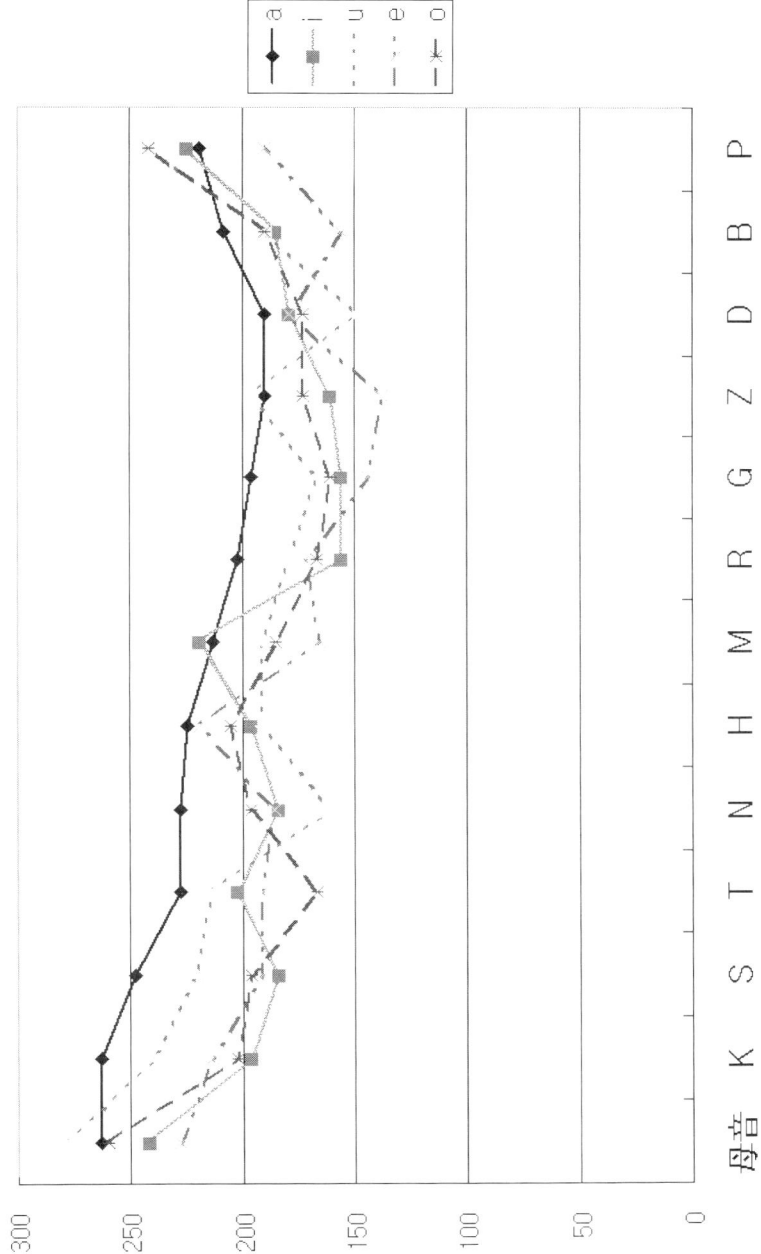

グラフ9 韓国語の母音の持続時間 (p.82)

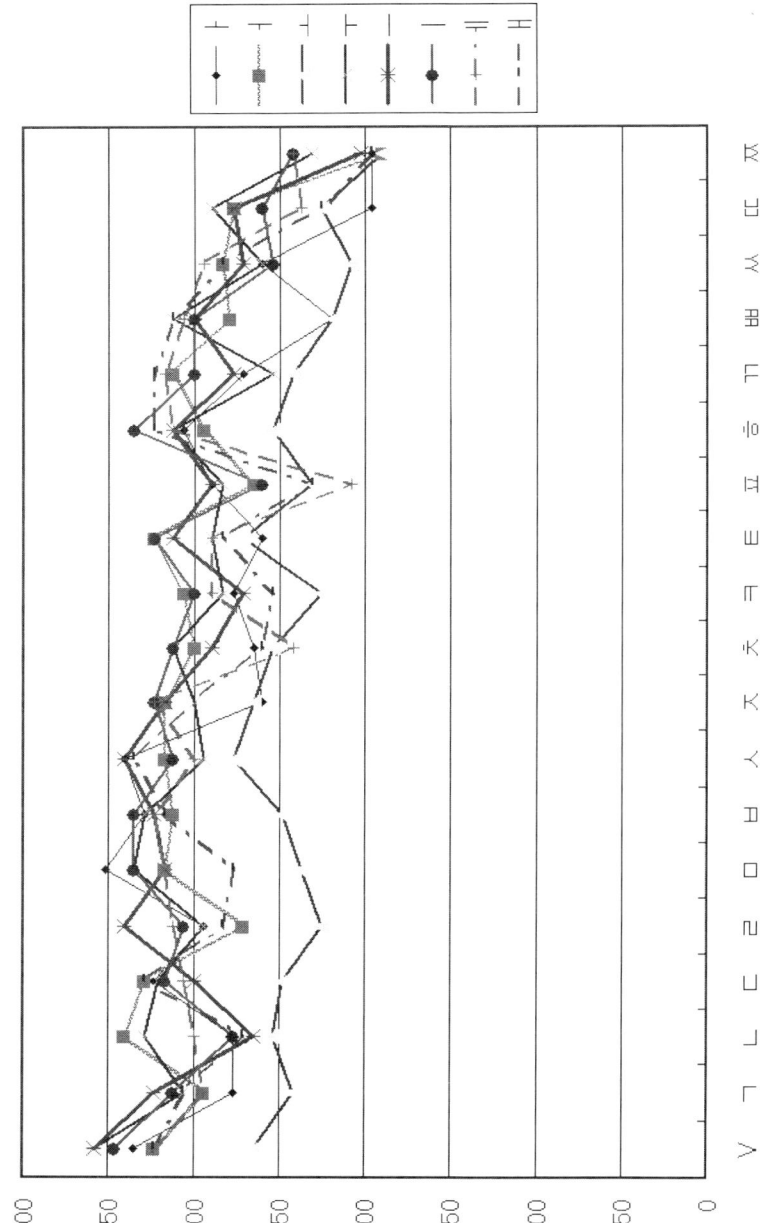

韓国語話者の日本語音声考
－韓日両国後の比較から－

著 者

酒井 真弓(さかい まゆみ、Sakai Mayumi)

東京出身

学歴

　東京女子大学文理学部社会学科卒(経済・国際関係論専攻)

　韓国外国語大学教育大学院日本語教育専攻卒業(教育学碩士)

　韓国外国語大学大学院博士課程卒業(文学博士)

職歴

　비즈니스総合誌「PRESIDENT」編集部(日本、78～84年)

　大宇中央研修院日本語専任講師

　ＬＧ人力開発센터人和苑日本語専任講師

　徳成女子大学人文科学大学日語日文科助教授(93年～)

論文

　『聴解・発音における難易度および向上度の測定とその分析』

　『日本語の有声音と無声音に関する発音上の問題点と誤謬の傾向』

　『日本語のモーラ音と発音上の問題点』

　『韓日両国語の音声学的対照比較と日本語学習者の発音上の問題点』

　『音声教育における問題点と指導法』

　『発音指導法としてのシャドーイングの効果に関する一考察』

　　他多数

韓国語話者の日本語音声考
－韓日両国後の比較から－

・저자와의 협의 하에 인지는 생략합니다. ・

初版印刷 2007年 12月 8日 | 初版發行 2007年 12月 14日

著 者   酒井真弓
發行處   제이앤씨
登 錄   第7-220號

132-040 서울市 道峰區 倉洞 624-1 現代홈시티 102-1206
TEL (02)992-3224(代)   FAX (02)991-1285
e-mail, jncbook@hanmail.net | URL http://www.jncbook.co.kr

ISBN 978-89-5668-562-5 93830   정가 15,000원